Scherz Krimi

Spannung mit Niveau

Von Erle Stanley Gardner sind erschienen:

Der blonde Bluff
Der Blutsauger
Die einsame Erbin
Die falschen Würfel
Frühstück für eine Million
Das Geheimnis des Kanarienvogels
Geschäftsmann mit Vergangenheit
Der goldene Köder
Guter Ruf ist teuer
Handel mit dem Schicksal
Der heulende Hund
Die kalte Spur
Katzen haben scharfe Krallen
Das Mädchen vom Golfplatz
Der Mann im Smoking
Der nervöse Komplize
Party der Unschuldsengel
P. M. und das Geständnis im Dunkel
P. M. und das halbierte Haus
P. M. und das Mädchen mit der Narbe
P. M. und der blonde Bluff
Die Pfotenspur
Rache in bar
Roter Drache, weiße Weste
Roulette mit dem Teufel
Schlafwandlers Nichte
Die schönsten Beine von Cloverdale
Schuß nach Mitternacht
Die schwarze Limousine
Die seltsame Braut
Die seltsame Nixe
Der unerwünschte Nachbar
Der vertauschte Casanova
Das vertauschte Gesicht
Was wußte Diana?
Wohin fuhr der Tote?
Zu treuen Händen

Erle Stanley Gardner

Perry Mason und das Mädchen mit der Narbe

Scherz

Bern – München – Wien

Einzig berechtigte Übertragung aus dem Amerikanischen
von Ingeborg Hebell
Titel des Originals: »The Case of the Mischievous Doll«
Schutzumschlag von Heinz Looser
Foto: Thomas Cugini

1. Auflage 1989, ISBN 3-502-51228-0

Gesamtherstellung: Ebner Ulm

1

Della Street, Perry Masons vereidigte Sekretärin, erschien im Büro und näherte sich dem großen Schreibtisch, an dem der Rechtsanwalt saß. »So ein Anwaltsbüro ist doch ein höchst ungewöhnlicher Arbeitsplatz«, erklärte sie.

»Allerdings«, sagte Mason. »Aber darf ich mich nach dem Anlaß zu dieser Feststellung erkundigen?«

»Eine gewisse Miss Dorrie Ambler.«

»Und ich vermute, Miss Ambler sitzt im Vorzimmer und wünscht einen Termin?«

»Sie muß *sofort* mit Ihnen sprechen, behauptet sie.«

»Wie alt?«

»Drei- oder vierundzwanzig; aber sie hat schon einiges hinter sich.«

»Beschreibung?«

»Haar kastanienfarben, Augen haselnußbraun; Größe 1,60 Meter; etwa 105 Pfund; Maße 85–60–85.«

»Und nun zu Ihrer Bemerkung«, sagte Mason, »ein Anwaltsbüro sei ein höchst ungewöhnlicher Arbeitsplatz. Was hat sie verursacht?«

»Sie kommen nie darauf, was Miss Ambler will, oder was sie jedenfalls vorgibt zu wollen.«

»Dann gebe ich's gleich auf, Della. Was will sie also?«

»Ihnen ihre Operation zeigen.«

»Ihre *was*?«

»Ihre Operation.«

»Prozeß wegen eines ärztlichen Kunstfehlers, Della?«

»Anscheinend nicht. Sie glaubt offenbar, man wird ihre Identität irgendwie anzweifeln. Sie will Ihnen beweisen, wer sie ist, oder besser, wer sie nicht ist. Und zwar, indem sie Ihnen ihre Blinddarmnarbe zeigt.«

»Was soll das?« fragte Mason. »Ein Gag? Oder will sie hier den Grund zu einer Art Erpressung legen? Bestimmt werde ich keiner jungen Frau erlauben, hier hereinzumarschieren und ...«

»Sie will einen Zeugen dabeihaben«, sagte Della Street.

Mason grinste. »Na, das wäre ja was für Paul Drake... Ich schätze, er weiß diese Figur zu würdigen.«

»Ja, Paul hat ein scharfes Auge. Soll ich ihn rufen?«

»Wir wollen zunächst mit unserer Mandantin reden«, meinte Mason. »Ich bin neugierig auf die mysteriöse Miss Ambler.«

»Noch etwas, bevor ich sie hereinhole ...«, sagte Della.

»Della, ich werde äußerst mißtrauisch, wenn Sie mir die Sache ratenweise beibringen. Also, erzählen Sie schon die ganze Geschichte.«

»Also«, berichtete Della, »Ihre künftige Mandantin trägt eine Kanone in der Handtasche.«

»Woher wissen Sie das?« fragte Mason.

»Ich selbst weiß es gar nicht. Ich zitiere nur Gertie.«

»Gertie«, lächelte Mason, »sitzt da am Klappenschrank, schätzt die Mandanten ein und läßt ihre Phantasie Überstunden machen.«

»Zugegeben, aber Miss Ambler legte ihre Handtasche auf den plastikbespannten Stuhl im Vorzimmer und stieß dann zufällig mit dem Ellenbogen daran. Dieser Plastiküberzug ist ja glitschig wie nasse Seife. Die Tasche fiel also auf den Fußboden, und zwar mit einem starken dumpfen Knall. Gertie sagt, Miss Ambler machte einen meterhohen Satz und sah sich schuldbewußt um, ob wohl jemand den schweren Gegenstand hatte aufschlagen hören.«

»Ließ Gertie sich was anmerken?« fragte Mason.

»Das würde sie niemals tun, Chef. Sie wissen doch, wie Gertie ist. Sie hat Augen am ganzen Körper, macht aber immer ihr undurchdringliches Pokergesicht und denkt sich ihr Teil.«

»Und was dachte sie in diesem Fall?« erkundigte sich Mason.

»Oh, Dorrie Ambler ist demnach ein unschuldiges junges Ding, das in die große Stadt kam. Ein gräßlicher Verführer hat ihr die Treue gebrochen und sie sitzengelassen, so daß sie sich jetzt allein durchs Leben schlagen muß. Aber Dorrie hat beschlossen, ihm seinen Verrat und einen Revolver vorzuhalten. Er wird vor der schrecklichen Wahl stehen, entweder eine ehrliche Frau aus ihr zu machen oder künftig zum festen Bestand des Friedhofs von Forest Lawn zu gehören.«

Mason schüttelte den Kopf. »Gertie müßte eigentlich mehr als das zustande bringen.«

»Hat sie auch«, sagte Della. »Sie schuf zu der Story bereits den passenden Mann. Falls es Sie interessiert: Er ist Sohn eines äußerst wohlhabenden Fabrikanten. Vater hat eine Frau für den Knaben ausgesucht – der aber liebt doch Dorrie Ambler. Allerdings will er nicht ungehorsam sein, denn Vater wird den Sohn natürlich enterben, falls er Dorrie heiratet. Irgendwie ist der Junge recht nett, nur leider ziemlich schwach.«

»Und was hält sie von Dorrie?« fragte Mason.

»Dorrie ist nach Gerties Drehbuch eine sehr resolute junge Frau, die ihren Kopf durchsetzt und dem Vater nicht erlauben wird, ihr Leben zu bestimmen oder ihr Glück zu ruinieren.«

»Also kaum der Typ eines unschuldigen jungen Mädchens, das sich von einem Jüngling verführen ließe, dem es an festem Charakter mangelt«, folgerte Mason.

»Das müssen Sie mit Gertie aushandeln. Sie hat das ganze Manuskript fix und fertig im Kopf, und niemand wird es ändern können.«

»Na ja, Della«, sagte Mason, »unter solchen Umständen müssen wir wohl mit Dorrie Ambler reden und feststellen, inwiefern Gerties romantischer Geist den Maulwurfshügel in einen Berg verwandelt hat.«

»Unterschätzen Sie Dorrie nicht«, warnte Della. »Sie scheint mir eine äußerst interessante Person zu sein. Äußerlich macht sie den Eindruck einer zurückhaltenden, unauffälligen jungen Frau, aber sie weiß, was los ist. Die ist nicht von gestern.«

Mason nickte. »Wir wollen sie uns ansehen, Della.«

Della Street verschwand und kehrte einige Augenblicke später mit Dorrie Ambler zurück.

»Sehr freundlich von Ihnen, mich gleich zu empfangen, Mr. Mason«, sagte Dorrie im Schnellfeuertempo.

»Sie haben Schwierigkeiten bei der Feststellung Ihrer Identität?« fragte Mason.

»Ja.«

»Und ich soll Maßnahmen ergreifen, um ... Nun, sagen wir, um mich zu vergewissern, daß Sie Sie sind?«

»Ja.«

»Warum liegt Ihnen soviel an dem Nachweis Ihrer Identität?«

»Weil ich glaube, daß man den Versuch machen wird, eine andere Person für mich auszugeben.«

»Unter solchen Umständen«, sagte Mason und warf Della Street einen Blick zu, »wäre es am besten, Ihre Fingerabdrücke zu nehmen.«

»Oh, aber damit wäre mir überhaupt nicht geholfen!«

»Warum nicht?«

»Das würde mich – na, es würde eine Verbrecherin aus mir machen.«

Mason schüttelte den Kopf. »Sie können Ihre Fingerabdrücke nehmen lassen und sie dem FBI für die Nichtverbrecherkartei einsenden. An sich sollte das jeder Bürger tun. Es ist ein unbedingt sicheres Mittel zur Identifizierung.«

»Wie lange dauert das?«

»Ihre Fingerabdrücke zu nehmen und einzusenden? Nicht sehr lange.«

»Ich fürchte, soviel Zeit habe ich nicht, Mr. Mason. Ich möchte, daß Sie – also, ich möchte meine Identität durch *Sie* feststellen lassen. Sie sollen mich untersuchen und –« sie schlug die Augen nieder, »und die Narbe einer Operation sehen.«

Mason tauschte einen belustigten Blick mit Della Street.

»Vielleicht«, schlug er vor, »erzählen Sie mir, was Sie eigentlich beabsichtigen, Miss Ambler.«

»Sie würden mich erkennen, wenn Sie mich wiedersehen, nicht wahr?« fragte sie ernsthaft.

»Ich glaube wohl«, antwortete Mason.

»Und Ihre Sekretärin, Miss Street?«

»Ja, ich auch«, sagte Della.

»Aber man will eben in einer Situation dieser Art vollkommen sichergehen; wenn es um die Frage der Person geht, wird nach Narben gesucht, und ich habe eine.«

»Die Sie uns zeigen wollen?«

»Ja.«

»Meine Sekretärin sagt, Sie hätten gern noch einen anderen Zeugen anwesend?«

»Ja. Soweit ich gehört habe, kann ein Anwalt nicht Zeuge für seinen Mandanten sein.«

»Er sollte es jedenfalls nicht«, sagte Mason.

»Dann finden wir vielleicht jemanden, der Zeuge sein könnte?«

»Wir haben da Mr. Paul Drake«, schlug Mason nach einem erneuten Blick auf Della vor. »Er ist Inhaber der Detektei Drake, hat sein Büro auf dieser Etage und erledigt den größten Teil meiner Aufträge.«

»Ich hätte ja lieber eine Frau«, wandte Dorrie Ambler ein, »es ist – ziemlich intim.«

»Natürlich könnten Sie sich in einen anderen Raum zurückziehen und die Untersuchung von Miss Street vornehmen lassen.«

»Nein, nein«, sagte sie hastig, »*Sie* sollen es sehen, Sie persönlich.«

Mason blickte wieder zu Della hinüber. »Ich werde nach Paul Drake schicken. Vielleicht kann er für einige Minuten herüberkommen.« Er nahm einen Block Papier und schrieb: »Paul, Della wird Dir erklären, was los ist. Ich brauche einen oder mehrere Schatten für diese junge Frau, wenn sie mein Büro verläßt. Bleib ihr auf der Spur, bis Du von mir hörst. – Della, suchen Sie eine Gelegenheit, in ihrer Tasche nachzusehen, ob sie wirklich einen Revolver hat.«

Mason riß das Blatt vom Block und gab es Della Street. »Wollen Sie dies bitte Paul Drake bringen, Della?«

Della Street wahrte die formelle Atmosphäre, die der Übermittlung einer schriftlichen Nachricht angemessen war. »Jawohl, Mr. Mason«, sagte sie und öffnete die Tür.

Dorrie Ambler schlug die hübschen Beine übereinander. »Ich nehme an, Sie halten mich für sehr geheimnisvoll?«

»Nun, sagen wir so: Sie haben ein etwas ungewöhnliches Anliegen.«

»Ich... Ich habe einfach den Verdacht, daß jemand mich zum... Wie nennt man doch eine Person, die einem Schwindel zum Opfer fällt?«

»Den Sündenbock«, sagte Mason, »oder die Lackierte.«

»Da ich kein Bock bin«, entgegnete sie lächelnd, »sagt mir das Wort Lackierte mehr zu. Und ich will nicht die Lackierte sein, Mr. Mason.«

»Das kann ich Ihnen nachfühlen. Aber auch ich möchte nicht in eine Lage geraten, die für mich peinlich werden könnte ... Ich nehme an, Sie haben meiner Sekretärin Namen und Adresse angegeben?«

»O ja, dem jungen Mädchen am Klappenschrank. Ich wohne in den Parkhurst Apartments, Nr. 907.«

»Verheiratet, ledig, geschieden?«

»Ledig.«

»Nun, dort muß es doch Leute geben, die sich für Ihre Identität verbürgen können – den Hausverwalter zum Beispiel.«

Sie nickte.

»Seit wann wohnen Sie da?«

»Oh, warten Sie ... Etwa seit einem halben Jahr.«

»Besitzen Sie einen Führerschein?« fragte Mason.

»Natürlich.«

»Darf ich ihn bitte sehen?«

Sie öffnete ihre Handtasche und hielt sie so, daß Mason nicht hineinsehen konnte. Dann zog sie eine Brieftasche heraus und entnahm ihr den Führerschein.

Mason prüfte Namen, Anschrift und Personalbeschreibung. »Diese Zulassung wurde vor fünf Monaten ausgestellt«, bemerkte er.

»Ganz recht, das war mein Geburtstag«, sagte sie und lächelte. »Jetzt wissen Sie, wie alt ich bin, Mr. Mason.«

Der Anwalt nickte. »Eine kalifornische Zulassung; es ist auch ein Daumenabdruck darauf.«

»Ich weiß.«

»Also war Ihr Protest gegen die Abnahme Ihrer Fingerabdrücke zumindest teilweise überholt durch ...«

»Verstehen Sie mich nicht falsch, Mr. Mason«, unterbrach sie. »Ich habe nichts gegen die Abnahme meiner Fingerabdrücke. Es ist nur der Gedanke, daß sie zum FBI geschickt werden ...« Sie schauderte.

»Mit diesem Daumenabdruck können wir eine perfekte Identifizierung vornehmen«, sagte Mason.

»Oh, sind *Sie* denn Sachverständiger für Fingerabdrücke, Mr. Mason?« fragte sie und sah auf ihren Daumen nieder.

»Nein, aber Paul Drake ist es, und ich verstehe ein wenig vom Vergleichen.«

»Ach so ...«

»Haben Sie noch andere Narben?« erkundigte sich Mason. »Von anderen Operationen?«

Sie lächelte. »Nur Blinddarm. Ich bin erst vor kurzem operiert worden und spüre sie noch ständig.«

Drakes Klopfzeichen ertönte an der Außentür. Mason öffnete und ließ Della Street und Paul Drake ein.

»Dies ist Paul Drake, der Detektiv – Miss Ambler«, stellte er vor.

Drake verbeugte sich.

Dorrie Ambler lächelte freundlich. »Sehr angenehm, Mr. Drake.«

»Wir sind in einer eigentümlichen Lage, Paul«, erklärte Mason. »Diese junge Dame wünscht einen Zeugen zur Feststellung ihrer Identität. Du möchtest sie dir genau ansehen, und darüber hinaus will sie so weit gehen, ihre Narbe von einer kürzlichen Blinddarmoperation zu zeigen.«

»Ich verstehe«, sagte Drake in ernstem Ton.

»Jedoch«, fuhr Mason fort, »habe ich ihr erklärt, daß der Daumenabdruck auf ihrem Führerschein des Staates Kalifornien, den ich soeben sah, völlig ausreicht. Wir brauchen nur ihren Daumenabdruck mit demjenigen auf dem Führerschein zu vergleichen.«

»Nun ja«, stimmte Paul Drake zu, »ein Daumenabdruck ist natürlich auch ein Mittel zur Identifizierung; wenn sie aber andererseits wünscht, daß ...«

»Ich wünsche es«, schaltete Dorrie sich ein. »Ich mag keine Fingerabdrücke. Das heißt, ich mag den Gedanken nicht, daß sie mir abgenommen werden. Wenn Sie aber meinen Daumenabdruck mit dem auf dem Führerschein vergleichen wollen – bitte sehr, hier ist mein Daumen. Aber ich will meine Finger nicht abdrücken. Ich mag einfach nicht überall Tinte haben und mir wie eine Verbrecherin vorkommen ... Können Sie den Daumen selbst mit dem Abdruck vergleichen und es so feststellen?«

Drake zog ernsthaft eine kleine Lupe aus der Tasche und setzte sich neben Dorrie Ambler.

»Erlauben Sie«, sagte er, während sie den Führerschein wieder herausholte. Er nahm ihre Hand sanft in die seine, hielt ihren Daumen unter die Lupe und betrachtete dann den Abdruck auf dem Führerschein.

»Ich muß jetzt eine Transposition machen«, erklärte er, »und das ist etwas schwierig. Es würde die Sache vereinfachen, wenn Sie ...«

»Keine Tinte«, unterbrach sie nervös lachend.

»Es wird eben nur ein wenig länger dauern«, sagte Drake.

Della Street zwinkerte Perry Mason zu.

Drake fuhrwerkte mit der Lupe herum. Dann sah er zu Perry Mason auf und nickte. »In Ordnung. Stimmt, Sie sind Dorrie Ambler. Aber ...«, fügte er etwas hastig hinzu, »wir werden natürlich auch die Blinddarmnarbe prüfen.«

Sie stand unvermittelt auf und ging in eine Ecke des Raumes.

»Ich muß von den Fenstern weg«, sagte sie.

Sie legte ihre Jacke ab, zog die Bluse hoch und ließ einen schmalen Streifen nackter Haut sehen. Plötzlich schien sie Hemmungen zu bekommen und riß die Bluse wieder herunter.

»Wirklich«, meinte Mason betreten, »der Daumenabdruck genügt.« Er war errötet – aus Mitgefühl, wie er später sagte.

»Nein, nein. Ich möchte, daß Sie ...« Dorrie brach ab und lachte wieder nervös. »Schließlich«, fuhr sie fort, »ist ein Rechtsanwalt fast wie ein Arzt, und ich denke mir nichts dabei, wenn mein Arzt mich untersucht. Also los.«

Sie zog den Reißverschluß am Rock auf, streifte den Hüftgürtel ab und hob wieder die Bluse.

Eine oder zwei Sekunden stand sie so und zeigte glatte, samtene Haut, die nur durch eine blutrote Linie beeinträchtigt wurde. Plötzlich schüttelte sie den Kopf, zog den Rock wieder zurecht und riß den Verschluß hoch.

»Himmel«, sagte sie, »ich weiß nicht, wieso, aber ich fühle mich schrecklich ausgezogen.«

»Na ja, wir haben's jedenfalls gesehen«, beruhigte Drake sie, »und in wenigen Monaten wird die Narbe fast verschwunden sein. Dann wissen Sie kaum noch, daß Sie eine haben.«

»Sie können mich also jetzt identifizieren?« fragte sie.

Drake grinste. »Ich denke, mit dem Daumen und dieser Blinddarmnarbe kann ich eine ziemlich einwandfreie Identifizierung vornehmen, wenn's sein muß.«

»Mehr brauche ich nicht«, erwiderte sie.

Während sie mit ihren Kleidern beschäftigt war, hatte Della Street flink Dorrie Amblers Handtasche geöffnet, hineingesehen und Mason zugenickt.

»Schön, Paul, ich glaube, das ist alles«, sagte Mason mit Betonung. »Du bist Zeuge. Du kannst Miss Ambler identifizieren.«

»Vielleicht«, antwortete Drake, »sollte ich erfahren, um was es hier eigentlich geht.«

»Wenn ich das nur selbst wüßte«, sagte Dorrie Ambler. »Ich weiß nur, daß ich entweder eine Doppelgängerin habe, oder daß man mich als Double für eine andere Person aufbaut; und ich habe Angst.«

»In welcher Weise aufbaut?« fragte Mason.

»Man hat mir diese Sachen zum Tragen gegeben.« Sie raffte ihren Rock hoch, so daß die hübschen Beine bis zu den Schenkeln sichtbar wurden. »Sogar Strümpfe, Schuhe, Rock, Jacke, Bluse, Unterwäsche – alles hat man mir gegeben und mich angewiesen, es zu tragen. Und ich befolge gewisse Anordnungen.«

»Sind irgendwelche Reinigungsetiketten in den Sachen?«

»Ich habe nicht nachgesehen.«

»Vielleicht sollten Sie das tun. Aber wahrscheinlich braucht man eine Quarzlampe dazu.«

»Ich – ich will allein etwas unternehmen, Mr. Mason«, sagte sie. »Danach komme ich wieder.«

»Aber was haben Sie denn vor?«

Sie schüttelte den Kopf. »Sie wären nicht einverstanden damit, Sie würden mich davon abhalten. Aber ich will jemanden zwingen, Farbe zu bekennen.«

Sie griff plötzlich nach ihrer Handtasche, sah auf die Uhr und sagte zu Mason. »Ihre Sekretärin übernimmt dann wohl die Abrechnung.«

»Schreiben Sie bitte eine Rechnung über zehn Dollar, Della, und geben Sie Miss Ambler die Quittung.«

»Diese Tür bitte«, sagte Della Street und führte Dorrie Ambler aus dem Zimmer.

Mason und Drake wechselten Blicke. »Hast du einen Mann auf sie angesetzt?« fragte Mason.

»Jerry Nelson, einen meiner besten. Zufällig war er im Büro und berichtete über einen anderen Auftrag, als Della mit deiner Nachricht hereinkam. Ich habe noch einen zweiten Mann im Wagen am Straßenrand ... Junge, die ist ja eine Wucht!«

Mason nickte wortlos.

»Was meinst du, was wohl an ihr nagt?« fragte Drake.

»Weiß ich nicht. Wir werden's herausfinden. Wahrscheinlich soll sie in einer Scheidungsklage als Double vorgeschoben werden. Laß es mich wissen, sobald deine Leute einen endgültigen Bericht geben.«

»Sie wird einfach in ihre Wohnung zurückfahren«, meinte Drake.

Mason schüttelte den Kopf. »Es kommt mir durchaus so vor, als ob sie mit einem sehr genauen Schlachtplan irgendwohin will, und außerdem hat sie eine Kanone in der Handtasche.«

»Ist wohl nicht möglich!«

Mason nickte. »Gertie kam dahinter, als sie im Vorzimmer saß, und Della bestätigte es durch einen kurzen Blick in ihre Handtasche, während du Dorries Anatomie studiertest.«

»Wenn du nächstesmal wieder eine Mandantin hast, die einen Striptease vorführen will, vergiß nicht, mich zu rufen.«

Della Street betrat das Büro.

»Ist sie weg?« fragte Mason.

Della nickte.

»Was ist mit der Waffe?«

»Ich hatte nur Zeit für einen schnellen Blick, aber es ist ein harmloser Revolver.«

»Sie meinen, er ist leer?« fragte Mason.

»Nein, die Hülsen sind drin. Man sieht sie im Zylinder, aber es stecken keine Kugeln drin, sondern nur blaue Papierkapseln.«

»Platzpatronen!« rief Mason.

»Das war's, glaube ich«, sagte Della. »Ein kleines Kaliber, sah nach .22 aus.«

Drake pfiff leise.

»Hat sie Ihnen die zehn Dollar gezahlt?« fragte Mason.

»Ja, für geleistete Dienste. Und dann bestand sie darauf,

mir noch hundert Dollar als Vorschuß für künftige Dienste zu geben. Ich sagte ihr, ich sei nicht befugt, die entgegenzunehmen; sie hätte mit Ihnen zu sprechen. Schon gut, meinte sie, dann ließe sie es eben. Damit verschwand sie eiligst und sagte noch, sie müßte einen Zeitplan einhalten.«

»Nun«, entgegnete Mason, »hoffen wir, daß dieser Zeitplan keinen Mord einschließt.«

»Wir beschatten sie ja, und meine Leute wird sie nicht abschütteln«, beruhigte Drake ihn.

»Natürlich kann sie mit Platzpatronen keinen Mord begehen«, sagte Mason nachdenklich, »aber irgend etwas läßt mich vermuten, daß der Bericht von Jerry Nelson und seinem Assistenten ein bißchen ungewöhnlich sein wird. Gib mir sofort Nachricht, Paul.«

2

Es war kurz nach 1.30 Uhr am Nachmittag, als Paul Drake sein Klopfzeichen an Masons Bürotür trommelte.

Mason nickte Della Street zu. »Lassen Sie Paul ein, Della. Er dürfte einige Neuigkeiten haben.«

Della Street öffnete die Tür.

»Servus, Schönste«, grüßte Paul Drake und führte einen stämmigen Mann ins Büro, der einen recht fähigen Eindruck machte.

»Jerry Nelson, ein Mitarbeiter«, erklärte er. »Della Street, Mr. Masons Sekretärin. Und dies ist Perry Mason. Berichten Sie jetzt bitte, was passiert ist, Jerry, genau wie Sie es mir erzählt haben.« Zu Mason gewandt, fuhr Drake fort: »Ich habe es nämlich nur telefonisch gehört. Es klang so verrückt, daß ich Jerry gebeten habe, sofort persönlich zu berichten. Also, ich übergebe ihn dir. Fangen Sie an, Jerry.«

Mason lächelte. »Nehmen Sie Platz, Jerry, und lassen Sie hören.«

»Ich weiß, Sie werden mich für ziemlich blöd halten«, begann Nelson, »aber ich erzähle Ihnen genau, was passiert ist. Paul Drake sagte mir, in Ihrem Büro wäre eine Frau, die Sie beschatten lassen wollten; ich hätte sie im Lift zu übernehmen;

ein anderer Kollege warte vor dem Eingang unten im Wagen; auch ein leeres Taxi sei da, falls was schiefginge. Ich nahm an, es handelte sich um eine wichtige Beobachtung, und wollte besonders auf Draht sein. Drake sagte, wir dürften sie auf keinen Fall verlieren.«

Mason nickte.

»Okay«, fuhr Nelson fort, »diese junge Frau verließ also das Büro. Sie war ungefähr 1,58 Meter groß, Anfang Zwanzig, hatte kastanienbraunes Haar, hellbraune Augen. Sie trug ein grünbraun kariertes Kostüm und eine grüne Bluse . . .«

»Schon gut«, unterbrach Mason, »über ihre Aufmachung sind wir im Bilde.«

»Gewiß, natürlich«, sagte Drake, »aber wir wollen das trotzdem klarstellen, Perry.«

»Na gut, weiter bitte.«

»Ich stieg also mit dieser jungen Frau in den Lift«, berichtete Nelson weiter. »Mein Kollege wartete unten vor dem Eingang. Sie suchte ein Taxi. Unser Taxi, das am Randstein wartete, hatte die ›Besetzt‹-Flagge unten, aber sie fing an, mit dem Fahrer zu handeln. Dann kam aber ein anderer Wagen vorbei, den sie anhielt. Ich wollte möglichst vorsichtig sein, wir wußten ja nicht, was noch passieren konnte. Unser Auftrag lautete nur, sie nicht aus den Augen zu verlieren und keine Kosten zu scheuen. Also sprang ich in unser bestelltes Taxi. Mein Freund fuhr in seinem Wagen los, und beide folgten wir dem Mädchen. Ihre Taxinummer hatten wir vor der Nase. Ein Zwanzigdollarschein brachte meinen Fahrer so weit, seinen Kollegen vorn über Funk nach dem Ziel zu fragen, sobald er seine Anweisung hatte. Zwei Minuten später kam die Antwort: zum Flughafen. Also hängten wir uns an. Sie fuhr tatsächlich auf direktem Weg zum International Airport hinaus, ohne jeden Versuch, mögliche Schatten loszuwerden, und ohne sich auch bloß umzudrehen, was hinter ihr los war. Diese Taxifahrer passen ja im Verkehr scharf auf. Weil ich fürchtete, der Mann vorn würde dauernd in den Rückspiegel sehen, ließ ich mein Taxi etwas abfallen, damit mein Kollege sich dazwischensetzen konnte. Nach einer Weile wechselten wir wieder und behielten sie auf diese Art den ganzen Weg in Sicht.«

»Den ganzen Weg wohin?« fragte Mason.

»Zum Flughafen.«

»Und dann?«

»Dann trödelte sie da einfach herum.«

»Wie lange?«

»Über eine Stunde«, sagte der Detektiv. »Sie schien auf etwas zu warten. Wahrscheinlich bin ich blöd, weil ich nicht mitbekam, was das war. Weil ich aber dachte, sie könnte plötzlich irgendwas Tückisches unternehmen, behielt ich nur sie im Auge und sah mich nicht viel um.«

»Wann kommt denn nun Ihr Knalleffekt?« fragte Mason.

»Ich erzähle am besten genau der Reihe nach, wie alles passiert ist, Mr. Mason. Also, wenn zwei Leute einen Fall bearbeiten, muß einer die Führung haben. Bei meinem höheren Dienstalter war ich das in diesem Fall. Sicher hätte ich meinen Kollegen anweisen sollen, sich in der Gegend umzusehen; aber wie gesagt, die Kleine konnte was im Schilde führen, und deshalb behielten wir sie beide im Auge.«

»Und was geschah?«

»Plötzlich sprang sie auf, rannte zum Zeitungsstand und schrie: ›Das ist kein Überfall!‹, wobei sie einen Revolver aus ihrer Handtasche riß und drei Schüsse abfeuerte. Es passierte so blitzartig und war so völlig ohne Sinn, daß ich mir direkt überrumpelt vorkam.«

»Moment«, sagte Mason. »Sie rief: ›Das ist *kein* Überfall‹?«

»Genau. Ich war nur drei Meter von ihr entfernt und habe es deutlich gehört.«

»Weiter. Was passierte dann? Haben Sie sich das Mädchen gegriffen?«

»Das nicht. Ich benahm mich wie alle anderen. Die Leute standen da wie angewachsen. Selten habe ich eine so verrückte Szene gesehen. Genau wie im Film, wenn er auf einmal nicht weiterläuft und das Bild auf der Leinwand einfriert.«

»Und was tat diese junge Frau?«

»Sie bewegte sich als einzige«, sagte Nelson. »Sie schwang ihren Revolver, wirbelte herum und stürzte zum Frauenwaschraum. Nach meiner Ansicht ist das ein ganz neuer Gesichtspunkt bei Verbrechen: eine Menge Aufsichtsposten und Polizisten laufen auf dem Flughafen herum, aber keine weibliche

Kripo steht sofort zur Verfügung. Da verrammelt sich ein Mädchen mit Kanone im Frauenwaschraum – und wer geht rein?«

»Sie?« meinte Mason augenzwinkernd.

»Ich bestimmt nicht«, gab Nelson zu. »Das hieße erstens, einer bewaffneten Verrückten gegenüberzutreten, zweitens einer Meute wütender Weiber, die im Waschraum aufgescheucht werden. Und wenn Sie beides zusammennehmen, ist das Risiko für einen einzelnen Mann doch wohl zu groß. Ich stellte mich aber so auf, daß ich die Tür zum Waschraum beobachten konnte.«

»Und?«

»Na, ein paar Polypen kamen angelaufen, hielten Beratung ab und schienen von der Lage genauso beeindruckt wie ich. Schließlich entschlossen sie sich, der Sache zu Leibe zu gehen und rückten auf die Tür vor. Aber da wurde sie von innen geöffnet, und dieses kleine Mädchen kam heraus, kühl bis an die Nasenspitze.«

»Mit Revolver?«

»Nein, ohne. Und völlig gelassen, genau wie jede andere Frau, die sich die Nase gepudert hat und beim Rausgehen noch einen Blick auf die Tafel wirft, um sich zu vergewissern, wann ihre Maschine geht.«

»Was passierte?« fragte Mason.

»Die Polizisten hatten sie ja nicht gesehen, als sie den Revolver abschoß. Deshalb erkannten sie sie beim Herauskommen nicht. Sie ging seelenruhig an ihnen vorbei, und erst als einer der Umstehenden brüllte: ›Da ist sie!‹, drehte sich ein Beamter um. Inzwischen zeigten schon drei, vier Leute mit dem Finger auf sie und schrien: ›Das ist sie! Greift sie!‹ Und dann rannten alle auf sie los.«

»Weiter bitte.«

»So was war mir noch nicht vorgekommen«, fuhr Nelson fort. »Diese Frau stand da, fassungslos vor Überraschung, und sah sich im Kreis um, was überhaupt vorging. Ein Polyp kam und hielt sie fest. Im ersten Augenblick erschrak sie. Dann tat sie empört und wollte wissen, was los war. Ein Haufen bildete sich, und alle redeten gleichzeitig.«

»Was wurde aus dem Revolver?« fragte Mason.

»Der war im Waschraum geblieben. Eine Frau kam heraus

und übergab ihn dem Polizeibeamten. Die Waffe war über den Fußboden geschliddert und hatte diese Frau zu Tode erschreckt. Die Beamten fragten unsere Dame, ob sie mal in ihre Handtasche schauen dürften, und sie hatte nichts dagegen. Sie selbst konnten sie natürlich nicht untersuchen, aber sie sahen sich die Tasche an. Dann öffnete einer den Revolver und war völlig verblüfft. Er sagte was zu seinem Kollegen, und der untersuchte die Waffe ebenfalls. Ich glaube, außer mir hat es keiner gehört. Ich stand nämlich genau neben ihm, als er sagte: ›Das sind Platzpatronen.‹«

»Wie viele Schüsse wurden abgefeuert?« fragte Mason.

»Drei.«

»Und dann?«

»Plötzlich wandte diese Frau sich mit einem Lächeln an den Beamten und meinte: ›Na schön, bringen wir's hinter uns. Ich wollte bloß ein bißchen Wirbel machen, um zu sehen, was passiert.‹«

»Sie gab zu, die Schüsse abgefeuert zu haben?«

»Ja, das gab sie zu«, sagte Nelson. »Und damit hatte sich's. Die Beamten nahmen sie fest und brachten sie in einem Zivilwagen zum Revier. Wir versuchten uns anzuhängen, aber Sie wissen ja, wie die Kripo verfährt, wenn sie eine Frau verhaftet.«

»Inwiefern?« fragte Mason.

»Sie wollen kein Risiko eingehen. Eine Frau kann jederzeit behaupten, die Beamten hätten sie belästigt und so. Bei der Verhaftung einer Frau geben sie der Zentrale deshalb per Sprechfunk Zeit und Ort der Festnahme durch und melden ihre Abfahrtszeit. Der Fahrer notiert sich alles, und sobald sie zum Revier kommen, kontrollieren sie die Fahrzeit. Damit soll nachgewiesen werden, daß für irgendwelche Schäkerei überhaupt keine Zeit war. Sie sichern sich also sorgfältig ab, wenn sie einen weiblichen Arrestanten in Gewahrsam nehmen. Rotlicht und Sirene setzten sie in unserem Fall zwar nicht ein, fuhren aber bei weitem zu schnell für uns, um mitzuhalten. Ich holte meinen Kollegen, und wir taten unser Bestes. Wir folgten dem Wagen – oh, ich glaube drei bis vier Meilen lang, aber dann durchfuhren sie eine Verkehrsampel, die gerade umsprang, und wir verloren sie.«

»Und was taten Sie daraufhin?« fragte Mason.

»Ich rief Drake an, berichtete ihm in großen Zügen, und Drake sagte, ich sollte meine Meldung persönlich machen.«

Mason blickte zu Drake hinüber.

»Das war's«, bestätigte Drake.

Mason schaute auf seine Uhr. »Unter diesen Umständen ist anzunehmen, daß unsere Mandantin nach einem Anwalt verlangen wird und wir in wenigen Minuten von ihr hören.«

»Offensichtlich hatte sie das ganze Ding vorausgeplant, Perry«, meinte Drake. »Sie kam nur zu dir, um dich zu beauftragen. Das müßtest du doch wissen.«

»Natürlich müßte ich«, räumte Mason ein.

Drake wandte sich an Nelson: »Ich nehme an, damit ist die Lage geklärt, Jerry: Wir haben so viel Schaden angerichtet, wie wir konnten.«

»Die Sache ist nur, Mr. Mason«, sagte Nelson, »daß ich in einer peinlichen Situation bin, falls was passiert.«

»Inwiefern?«

»Die Kripo ließ sich von mir Name und Anschrift geben. Mein Kollege sah, was vorging, und konnte sich verdrücken. Ich stand aber genau mittendrin, und einer der Zuschauer sagte zu dem Beamten: ›Dieser Mann hat direkt neben mir gestanden und die ganze Sache gesehen.‹ Da drehte sich der Beamte zu mir um und wollte meinen Namen wissen. Ich riskierte keine Ausflüchte, weil ich wußte, daß sie mich früher oder später doch kriegen würden.«

»Falls Sie als Zeuge geladen werden, müssen Sie also die Dinge aussagen, die Sie mir hier berichtet haben.«

»Stimmt.«

»Nun, als Zeuge müssen Sie die Wahrheit sagen, aber vergessen Sie dabei nicht, daß dieses Mädchen rief, es wäre *kein* Überfall.«

»Das ist es eben, was ich nicht begreife«, entgegnete Nelson. »Sie ging zum Zeitungskiosk, öffnete ihre Handtasche, sah das Mädchen hinter dem Ladentisch an, riß den Revolver heraus, rief: ›Dies ist *kein* Überfall!‹, und machte peng, peng, peng! Dann drehte sie sich um und lief in den Waschraum.«

»Sie können beschwören, daß sie sagte, es wäre *kein* Überfall?«

»Ganz bestimmt. Ich schätze aber, ich bin so ungefähr der einzige, der das hörte; denn ich wette, die Hälfte der Zeugen – vermutlich sogar alle –, würden schwören, sie sagte *ein* Überfall.«

»Dieses ›kein‹ könnte sehr wichtig sein«, erklärte Mason, »besonders in Anbetracht der Tatsache, daß nur Platzpatronen im Revolver waren. Sie hörten einen der Beamten von Platzpatronen sprechen?«

»Ganz richtig.«

»Okay. Ich glaube, das ist alles.«

Nelson stand auf und schüttelte dem Anwalt die Hand. »Ich freue mich riesig, Sie kennengelernt zu haben, Mr. Mason. Tut mir leid, daß ich als Zeuge vielleicht gegen Sie aussagen muß; das heißt, gegen Ihre Partei.«

»Wieso gegen?« fragte Mason. »Sie sind unter Umständen mein bester Zeuge.«

Drake hielt Nelson die Tür auf und sagte: »Du hast mehr blödsinnige Fälle, Perry, als jeder andere in dieser Branche.«

»Oder mehr blödsinnige Mandanten«, entgegnete Mason.

In der Tür blieb Jerry Nelson noch einmal stehen und schüttelte den Kopf. »Was ich einfach nicht kapiere, ist, daß diese Frau, als sie herauskam, von so völliger Gelassenheit und Sicherheit war, wie man das selten sieht. Sie benahm sich so absolut selbstverständlich. Man konnte denken, sie wüßte überhaupt nicht, was ein Revolver ist – ganz zu schweigen von dem Klamauk, den sie gerade mit so einem Ding verursacht hatte.«

»Bei Frauen weiß man selten, woran man ist«, stellte Drake fest.

Mason grinste. »Man weiß bei Frauen *nie*, woran man ist, Paul.«

3

Eine Atmosphäre erwartungsvoller Spannung lag über Perry Masons Büro, bis er kurz vor fünf Uhr sagte: »Na, Della, ich glaube, unsere Mandantin hat beschlossen, auf einen Anwalt zu verzichten. Wenn ich nur wüßte, warum.«

»Ob man sie vielleicht nicht telefonieren läßt?«

»Ich weiß es nicht«, sagte Mason. »Ich kann mir zwar eine Menge Gründe vorstellen, aber keiner ist stichhaltig. Wie dem auch sei, ich will mir nicht mehr den Kopf darüber zerbrechen. Schließen wir die Bude ab und machen Feierabend. Nein, warten Sie, Della, es ist gleich fünf Uhr. Lassen Sie uns noch die Nachrichten hören, falls die Sache erwähnt wird. Es lohnt sich zu erfahren, ob ich eine Mandantin verteidigen werde, die des Versuchs beschuldigt wird, einen Flughafen mit Platzpatronen hochzujagen.«

»Freispruch wegen Unzurechnungsfähigkeit – das wäre wohl die einzig mögliche Taktik in diesem Fall«, meinte Della Street.

Mason grinste.

Della holte das Transistor-Radio heraus.

Der Sender brachte Kommentare zur Weltpolitik, zum Kapitalmarkt, und schließlich gab der Sprecher bekannt: »Auf dem Flughafen brach heute fast eine Panik aus, als eine attraktive junge Frau plötzlich mit dem Ausruf: ›Dies ist ein Überfall!‹ drohend einen Revolver zückte und drei Schüsse abfeuerte, bevor sie den Rückzug in den Waschraum für Damen antrat. Noch während sich die Polizei zum Sturm auf die Zitadelle sammelte, kam die Frau bereits lässig wieder heraus. Von Zuschauern wiedererkannt und in Polizeigewahrsam genommen, beteuerte sie zunächst ihre Unschuld und gestand schließlich lächelnd, sie hätte sich einen Streich erlaubt. Die Polizei stellte bald zwei Tatsachen fest, die dieser Behauptung Glaubwürdigkeit verliehen: Einmal enthielt der Revolver nur Platzpatronen, zum anderen ergab eine Führerscheinkontrolle, daß es sich hier um Minerva Minden handelte, die in der Vergangenheit in zumindest einer Zeitung als ›tolle Erbin von Montrose‹ bezeichnet wurde. Miss Minden hatte bereits öfter mit der Polizei zu tun: einmal wegen vorsätzlichen Zerschlagens von Geschirr in einem Restaurant, als sie die Aufmerksamkeit eines Kellners erregen wollte; dann wegen rücksichtsloser Fahrweise und Widerstandes gegen die Staatsgewalt; außerdem wegen Trunkenheit am Steuer. Dazu kommen mehrere Vorladungen wegen Überschreitung der Geschwindigkeitsbegrenzung. Die junge Erbin schien den ganzen Vorfall als eine

Art Jux zu betrachten. Bezirksrichter Carl Baldwin aber war anderer Ansicht. Die junge Dame wurde der öffentlichen Ruhestörung und des Schußwaffengebrauchs an einem öffentlichen Ort beschuldigt, die Kaution auf zweitausend Dollar je Delikt festgesetzt. Um einiges ernüchtert bekannte sich Miss Minden schuldig. Sie hinterlegte die Kaution und verließ das Gericht. Morgen um 9.30 Uhr soll das Urteil ergehen. Miss Minden hat Bewährung beantragt.«

Hierauf folgte der Wetterbericht.

»Nun«, fragte Della, als sie das Radio abschaltete, »würden Sie sagen, daß unsere Miss Ambler ein Double von Minerva Minden ist, der ›tollen Erbin‹?«

Masons Augen wurden schmal. »Es war offensichtlich eine vorsätzliche Straftat«, erwiderte er, »und Führerschein sowie Daumenabdruck stammen höchstwahrscheinlich von Dorrie Ambler. Also könnte die Blinddarmnarbe von erheblicher Bedeutung sein.«

»Inwiefern?« fragte Della Street. »Was wäre die Erklärung?«

»Mir fällt keine ein, Della, und doch möchte ich wetten . . .« Der Anwalt brach ab, weil an der Tür zum Flur ein schüchternes Klopfen zu hören war. Er warf einen Blick auf die Uhr. »Fünfzehn Minuten nach fünf. Öffnen Sie nicht diese Tür, Della, gehen Sie durch den Empfangsraum. Ganz gleich, wer es ist – sagen Sie, für heute hätten wir Schluß, und ich wäre nicht mehr zu sprechen. Morgen früh um neun Uhr kann man anrufen und einen Termin vereinbaren.«

Della Street nickte und schlüpfte leise aus Masons Büro ins Empfangszimmer.

Sekunden später war sie zurück. »Jetzt raten Sie mal.«

»Wer ist es?«

»Dorrie Ambler.«

»Hat sie Sie gesehen?«

Della schüttelte den Kopf. »Ich hatte die Vorzimmertür zum Korridor geöffnet und wollte gerade rausgehen, als ich sie erkannte. Vielleicht möchten Sie trotz Büroschluß mit ihr reden?«

Mason grinste, ging zur Tür und öffnete, als die junge Frau schon enttäuscht umkehren wollte.

»Miss Ambler«, sagte er.

Sie fuhr zusammen und drehte sich hastig um.

»Ich war im Begriff nach Hause zu gehen«, erklärte Mason. »Falls es sich aber um eine wichtige Angelegenheit handelt, können Sie mich kurz sprechen.«

»Es ist von größter Wichtigkeit«, sagte sie.

»Kommen Sie herein.« Mason hielt ihr die Tür auf.

Della Street nickte lächelnd.

»Nehmen Sie Platz«, forderte Mason das Mädchen auf. »Sie sind in Wirklichkeit also Minerva Minden«, fuhr er fort, als sie sich gesetzt hatte. »Gelegentlich auch die ›tolle Erbin von Montrose‹ genannt.«

Sie hielt seinem Blick ruhig und offen stand. »Das bin ich eben *nicht!*«

Mason schüttelte mißbilligend den Kopf, wie ein Vater, der sein hartnäckig lügendes Kind tadelt. »Ich fürchte, Ihr Leugnen wird Ihnen wenig helfen. Aber ganz wie Sie wollen. Sie möchten mich in einer dringenden Sache sprechen. Der Ordnung halber muß ich Sie daran erinnern, daß Sie für meine Zeit zahlen. Ein wichtiger Faktor bei der Festsetzung meiner Gebühren ist überdies die finanzielle Lage eines Mandanten. Lassen Sie sich also ruhig Zeit. Erzählen Sie mir irgendein hübsches Märchen. Es kostet Ihr Geld – viel Geld.«

»Sie verstehen mich nicht«, sagte sie.

»Ich fürchte doch. Ich will Ihnen auch etwas erzählen. Als Sie vorhin hier bei mir waren, wußte ich, daß Sie einen Revolver in Ihrer Handtasche hatten. Ich ließ Sie durch einen Detektiv beschatten. Man folgte Ihnen bis zum Flughafen, und ein Detektiv stand wenige Meter neben Ihnen, als Sie Ihre Schau abzogen. Und jetzt, Miss Minden, möchte ich wissen, welches Spiel Sie treiben, was Sie vorhaben, und welche Rolle mir dabei zufällt. Zu Ihrer weiteren Information – ich lasse mich nicht gern von meinen Mandanten belügen. Und ich glaube, wenn ich Ihre Geschichte gehört habe, besteht durchaus die Möglichkeit, daß ich auf eine weitere Tätigkeit für Sie keinen Wert mehr lege.«

Sie betrachtete ihn mit großen Augen. »Sie haben mich beobachten lassen?«

Mason nickte.

»Sie wissen, daß ich einen Revolver in der Handtasche hatte?«

Er nickte noch einmal.

»Gott sei Dank!« rief sie.

Überraschung spiegelte sich auf Masons Gesicht.

»Sehen Sie«, fuhr sie fort, »ich bin nämlich wirklich nicht Minerva Minden. Ich bin Dorrie Ambler, und was ich heute nachmittag auf dem Flughafen tat, sollte Minerva Minden zwingen, Farbe zu bekennen. Aber sie war zu clever. Sie hat mich überspielt.«

Masons Augen verrieten wachsendes Interesse. »Weiter bitte«, sagte er.

»Die ganze Sache ging los, als ich vor vier Tagen auf eine Annonce antwortete, in der eine junge Frau gesucht wurde – mit oder ohne Vorkenntnisse –, die spezielle Arbeiten erledigen könnte. Bewerberinnen sollten zweiundzwanzig bis sechsundzwanzig Jahre alt und genau 1,59 Meter groß sein, nicht unter hundert und nicht über hundertundvier Pfund wiegen. Es wurde ein Monatsgehalt von tausend Dollar geboten.«

Della Street warf Mason einen Blick zu. »Die Anzeige ist mir aufgefallen«, sagte sie. »Sie lief nur einen Tag.«

»Erzählen Sie weiter«, drängte Mason.

»Jemand sandte mir per Post eine Kopie dieser Anzeige, und ich bewarb mich um den Job, ebenso wie eine Unzahl anderer Frauen. Aber irgend etwas war faul bei der Sache. Als erstes wurden wir zur Vorstellung in ein Hotel-Apartment geschickt. Da saß eine sehr patente junge Dame am Schreibtisch, vor sich ein Schild: ›Personalreferentin‹. An dieses Zimmer grenzten zwei andere, die durch Schilder als ›Rotes Zimmer‹ und ›Schwarzes Zimmer‹ bezeichnet waren. Die Dame am Schreibtisch gab jeder Bewerberin einen Zettel. Rote Zettel waren für das ›Rote Zimmer‹, schwarze für das ›Schwarze Zimmer‹.«

»Und dann?« fragte Mason.

»Über das ›Rote Zimmer‹ bin ich mir nicht ganz sicher. Ich sprach aber mit einem Mädchen, das einen Schein dafür hatte. Es saß da mit ungefähr zwanzig anderen jungen Frauen. Nach etwa fünfzehn Minuten kam eine Frau herein und erzählte ihnen, sie brauchten nicht länger zu warten, die Stellung sei vergeben.«

»Na schön«, sagte Mason, »Sie erhielten also einen Zettel für das ›Schwarze Zimmer‹. Was geschah dort?«

»Anscheinend bekam nur jede fünfzehnte bis zwanzigste Bewerberin einen schwarzen Zettel. Eine davon war ich. Ich ging hinein, setzte mich, und noch ein anderes Mädchen kam dazu. Nachdem ich zehn bis fünfzehn Minuten gewartet hatte, öffnete sich eine Tür, und ein Mann sagte: ›Kommen Sie bitte herein.‹ Ich betrat einen weiteren Raum – Himmel, das Apartment in dem Hotel muß ein kleines Vermögen gekostet haben.«

»Wer war der Mann?« fragte Mason.

»Er sagte, er wäre der stellvertretende Personalchef, aber nach der Art, wie er sich benahm, glaube ich, daß es ein Rechtsanwalt war.«

»Wie kommen Sie darauf?«

»Ich schloß das aus der Art und Weise, wie er mich mit Fragen bombardierte.«

»Mit welchen Fragen?«

»Ich mußte mich setzen, und er wollte eine Menge über meine Verhältnisse wissen, alles über meine Eltern, wo ich beschäftigt war und so weiter. Dann mußte ich aufstehen und umhergehen. Er beobachtete mich mit Luchsaugen.«

»Annäherungsversuche?«

»Ich glaube nicht, daß er in dieser Hinsicht Absichten hatte«, sagte Dorrie. »Aber er nahm gründlich Maß.«

»Und dann?«

»Dann fragte er mich nach meinem Gedächtnis, und ob ich schlagfertige Antworten geben könnte, und noch vieles mehr in der Art. Schließlich fragte er: ›Was taten Sie am Abend des 6. September?‹ Na, das war noch nicht allzu lange her, und ich sagte ihm, ich hätte zu Hause gesessen. Ich hatte an dem Abend keine Verabredung, obwohl es ein Sonnabend war. Er wollte wissen, wer mir Gesellschaft geleistet hätte, worauf ich sagte, niemand. Dann fragte er, ob ich den ganzen Abend über zu Hause gewesen wäre, was ich bejahte. Weiter wollte er wissen, ob im Lauf des Abends irgendwelche Besucher oder Anrufe gekommen wären, und noch eine Menge mehr. Schließlich bat er mich um meine Telefonnummer und sagte, es bestünde alle Aussicht, daß ich den Job bekäme.«

»Sagte er, um welche Art Job es sich handelte?«

»Er erklärte mir nur, es sei eine recht eigenartige Tätigkeit, und ich müsse mich einem intensiven Training unterziehen, um der Stellung gerecht zu werden. Aber schon während der Einarbeitung würde ich bezahlt. Das Gehalt sei tausend Dollar im Monat, und es handle sich um eine ausgesprochene Vertrauensstellung. Man würde mich von Zeit zu Zeit fotografieren, und zwar in verschiedenster Aufmachung.«

»Sagte er, in welcher?« fragte Mason.

»Nein, und ich wurde natürlich mißtrauisch. Ich sagte ihm, wir brauchten keine Zeit zu verschwenden, wenn es um Aktfotos ginge. Das verneinte er aber sehr bestimmt; alles wäre vollkommen einwandfrei und anständig. Aber die Leute, für die ich zu arbeiten hätte, wollten keine gestellten Bilder. Sie wünschten Fotos von jungen Frauen auf der Straße, und ich dürfte nicht erschrecken, wenn jemand die Kamera zücken und mich auf der Straße knipsen würde. Wenn das erst oft genug passiert wäre, würde ich meine Befangenheit verlieren.«

»Und was geschah dann?«

»Ich ging nach Hause. Etwa zwei Stunden später klingelte das Telefon, und er sagte mir, man hätte mich für die Stellung ausgewählt.«

»Sie waren zu der Zeit nicht berufstätig?« erkundigte Mason sich.

»Zufällig nicht. Ich war so blöd gewesen, zu glauben, ich könnte mich vom Türverkauf eines Konversationslexikons ernähren.«

»Konnten Sie es nicht?«

»Vielleicht doch, wenn es absolut hätte sein müssen«, sagte Dorrie. »Es fehlte mir einfach an Zähigkeit. Um so einen Job durchzuhalten, muß man ein dickes Fell haben und ein Mundwerk wie ein Berufsredner.«

»Sie gaben es also auf«, sagte Mason.

»Nicht ganz. Ich entschloß mich aber, nur noch vormittags zu arbeiten. Bei den Nachmittagen kommt ohnehin nicht viel heraus.«

»Verstehe«, sagte Mason. »Berichten Sie bitte weiter.«

»Also gut«, fuhr sie fort. »Ich kehrte, wie gesagt, in meine Wohnung zurück. Es war ein Tag, an dem ich nicht arbeitete. Ich hatte sowieso nicht allzuviel Auftrieb und wollte es mir bequem machen. Da ging das Telefon, und ich hörte, daß ich angenommen war und zum Hotel zurückkommen sollte.«

»Was taten Sie?«

»Ich fuhr hin, und alles hatte sich verändert. Da saß keine Frau mehr am Schreibtisch, sondern dieser Mann. Ich mußte Platz nehmen, er wollte mir etwas über meine neuen Pflichten erzählen. Vorher gab er mir das Schottenkostüm, das ich heute morgen trug, die Bluse, die Strümpfe und sogar die Unterwäsche. Mein erster Auftrag wäre, diese Sachen zu tragen, bis ich mich an sie gewöhnt hätte und sie zu mir gehörten wie ein Teil meiner Persönlichkeit. Völlig ungehemmt sollte ich mich darin fühlen. Er meinte, ich sollte nach nebenan ins Schlafzimmer gehen und sie sofort anprobieren.«

»Taten Sie das?« fragte Mason.

»Nach einigem Zögern. Und Sie können mir glauben, daß ich beide Türen abschloß. Ich hatte so ein Gefühl, als ob da allerhand auf mich zukäme.«

»Was passierte? Hat er Sie belästigt?«

»Nein, ich hatte die ganze Sache falsch eingeschätzt. Der Mann war durch und durch Gentleman. Ich zog die Kleider an und kam heraus. Er betrachtete mich eingehend, nickte beifällig und gab mir dann noch einen Hut. Er sagte, meine Pflichten wären zunächst sehr einfach. Am nächsten Morgen sollte ich ruhig lange schlafen, aber bis 10.30 Uhr gefrühstückt haben; dann sollte ich zur Kreuzung Hollywood und Vine gehen und die Straße fünfzigmal überqueren. Anschließend könnte ich nach Hause gehen.«

»Aus welcher Richtung sollten Sie die Straße überqueren?« wollte Mason wissen.

»Das wäre egal, sagte er. Ich sollte einfach hin und zurück über die Fahrbahn gehen, dabei die Verkehrszeichen sorgfältig beachten und daran denken, daß ich mich an niemand zu stören hätte, der möglicherweise mit einem Fotoapparat auftauchte.«

»Stand jemand da?«

»Ja, ein Mann mit einer Kamera. Er nahm hauptsächlich mich auf, gelegentlich aber auch andere Personen.«

»Und Sie marschierten immer hin und her?« fragte Mason.

»Ganz recht.«

»Die Kleider passen Ihnen?«

»Wie für mich geschneidert. Ich trug sie ja heute morgen hier im Büro.«

»Ein wichtiger Punkt«, sagte Mason. »Waren diese Sachen neu oder schon getragen?«

»Sie wirkten neu. Soweit ich feststellen konnte, waren sie auch noch nicht in der Reinigung gewesen. Anscheinend hatte man sie extra angefertigt; in den Säumen entdeckte ich sogar noch Reste von Heftgarn.«

»Haben Sie später irgendeines der Fotos gesehen?«

»Nein, nur den Mann mit dem Apparat.«

»Schön, erzählen Sie weiter.«

»Man hatte mir gesagt, ich sollte eine bestimmte, nicht registrierte Nummer anrufen und nach Instruktionen fragen. Das tat ich und hörte, alles wäre okay. Ich hätte für diesen Tag das Nötige erledigt und wäre jetzt frei.«

»Und dann?« fragte Mason.

»Dann spielte ich auf eigene Faust ein wenig Detektiv.«

»In welcher Weise?«

»Ich rief die Geheimnummer noch einmal an, verstellte die Stimme und fragte nach ›Mac‹. Der Mann sagte, ich hätte sicher die falsche Nummer, und welche ich denn gewählt hätte. Ich nannte ihm die Nummer, die natürlich richtig war. Er sagte, ich hätte mich geirrt, es sei die falsche. Ich antwortete ihm, es sei aber kein Irrtum, und ›Mac‹ hätte mir diese Nummer gegeben. Darauf fing er an, etwas geheimnisvoll zu tun, und schien auch ein bißchen besorgt. Er sagte: ›Hören Sie, wir sind eine Detektei, Billings & Compton. Bei uns arbeitet kein Mac.‹ Ich rief: ›Was, eine Detektei?‹, und knallte den Hörer auf.«

»Was machten Sie dann?«

»Ich suchte mir die Adresse der Detektei Billings & Compton heraus, weil ich hingehen und Aufklärung von den Leuten verlangen wollte. Ich wußte ja nicht, was mich erwartete.«

»Und was erfuhren Sie?« fragte Mason.

»Ich kam gar nicht hin. Ich – na, es passierte etwas, und da glaubte ich klarzusehen.«

»Was passierte?«

»Ich fuhr mit meinem Wagen hin. Gleich neben dem Gebäude liegt ein Parkplatz. Da stellte ich den Wagen ab, und als ich aussteigen wollte, sah ich mein Ebenbild.«

»Ihr was?«

»Mein Ebenbild, meine Doppelgängerin.«

»Jetzt wird mir allmählich einiges klar«, sagte Mason. »Wie sah sie denn aus?«

»Genau wie ich. Sie war völlig gleich gekleidet, und es bestand mehr als nur eine oberflächliche Ähnlichkeit. Es war tatsächlich erschreckend. Sie hatte meine Größe, meine Figur, mein Gesicht. Und dann trugen wir auch noch gleiche Kleider ... Also, ich mußte einfach stehenbleiben und zweimal hinsehen. Ich glaubte mein Spiegelbild vor mir zu haben.«

»Und was tat Ihre Doppelgängerin?«

»Sie stand da in der Reihe und wartete auf ihren Wagen.«

»Und Sie?«

»Ich spielte weiter Detektiv und blieb im Auto sitzen. Nachdem der Wächter mir meinen Parkschein gegeben hatte, wartete ich, bis sie ihren Wagen hatte. Ich notierte mir die Nummer: ›WBL 873‹.«

»Und dann stellten Sie die Zulassung fest?« fragte Mason.

»Genau.«

»Sie lautete auf Minerva Minden?«

»Ja.«

»Und dann?«

»Am nächsten Tag meldete ich mich telefonisch zur Arbeit und wurde in eine andere Gegend geschickt. Diesmal war es die Kreuzung Sunset und La Brea, wo ich die Fahrbahn fünfzigmal zu überqueren hatte.«

»Taten Sie das?«

»Ja.«

»War der Fotograf wieder zur Stelle?«

»Zeitweilig stand er da, aber ein paarmal fuhr er auch im Auto an mir vorbei. Und ich bin sicher, daß er einmal eine Schmalfilmkamera dabei hatte und mich filmte, nachdem er den Wagen geparkt hatte.«

»Und wie ging es dann weiter?«

»Ich rief wieder die bewußte Nummer an und erfuhr, daß

meine Arbeit für den Tag beendet war. Ich könnte mich ausruhen, Cocktails trinken, zu Abend essen – man würde meine Zeit nicht mehr in Anspruch nehmen.«

»Was taten Sie daraufhin?«

»Ich kam zu dem Schluß, daß man mich auf etwas einfuchsen wollte, wobei ich die Lackierte sein würde, wie Sie es nannten.«

»Vielleicht braucht Minerva Minden ein Alibi für irgend etwas«, meinte Mason.

»Das habe ich mir auch schon überlegt«, erwiderte sie. »Wir sind zwar keine Zwillinge, sehen uns aber tatsächlich überraschend ähnlich. Warten Sie nur ab, was am nächsten Tag passierte.«

»Okay, wie ging's also weiter?«

»Am nächsten Tag sollte ich zur Kreuzung Hollywood Boulevard und Western Avenue gehen, die Fahrbahn überqueren, einen Block weit den Hollywood Boulevard hinuntergehen, zehn Minuten warten, zurückmarschieren, die Western Avenue überqueren, anschließend den Hollywood Boulevard und dort auf der andern Seite weitergehen; dann wieder zehn Minuten warten und denselben Weg zurückgehen. Das Ganze sollte ich zwei Stunden lang in Abständen von zehn Minuten wiederholen.«

»Und taten Sie es?« fragte Mason.

»Nur teilweise.«

»Wie oft?«

»Beim dritten Male kam ich an einem Laden vorbei, und ein kleines Mädchen schrie: ›Mami, da ist sie ja!‹«

»Was geschah daraufhin?«

»Eine Frau kam an die Tür gelaufen, warf einen Blick auf mich, stürzte plötzlich aus dem Laden und hinter mir her.«

»Was taten Sie?«

»Ich ging laut Anweisung den Hollywood Boulevard hinauf, und da stand an der Ecke der Fotograf. Er machte ein Bild von mir und wahrscheinlich auch von der Frau, die mir folgte. Da bekam ich plötzlich Angst. Ich sprang in meinen Wagen, den ich am Straßenrand geparkt hatte, und fuhr weg, so schnell ich konnte.«

»Das war wann?«

»Gestern.«

»Wie verhielten Sie sich weiter?«

»Ich setzte alles daran, Minerva Minden aufzutreiben. Je mehr ich mir die Sache überlegte, desto überzeugter war ich, daß man mich zu irgendeinem üblen Zweck als Double einpauken wollte. Deshalb entschloß ich mich, das Ding zum Platzen zu bringen.«

»Indem Sie auf dem Flughafen herumschossen?«

»Ich wollte etwas so Sensationelles tun, daß der ganze Fall dadurch an die Öffentlichkeit kam.«

»Wie gingen Sie also vor?« fragte Mason.

»Zunächst rief ich die Nummer an, und man sagte mir, heute brauchte ich überhaupt nichts zu tun. Dann bekam ich heraus, daß Miss Minden nach New York fliegen wollte. Ich prüfte ihre Buchung nach. Als ich alles vorbereitet hatte, ging ich zum Flughafen. Miss Minden trug die gleiche Kleidung wie ich und – na, ich besorgte mir den Revolver, lud ihn mit Platzpatronen, ließ Sie meine Blinddarmnarbe besichtigen, damit kein Zweifel bestehen konnte... Oh, es ist alles schrecklich verzwickt, Mr. Mason, aber es war die beste Möglichkeit, die mir einfiel, um...«

»Das tut jetzt nichts zur Sache«, sagte Mason. »Erzählen Sie mir, was geschah.«

»Ich fuhr zum Flughafen und wartete, bis Minerva auftauchte und in den Waschraum für Damen ging. Da sprang ich auf, riß den Revolver heraus, schrie: ›Dies ist kein Überfall!‹, und schoß in die Luft. Dann stürzte ich in den Damenwaschraum. Er hat mehrere Duschkabinen. Wenn man eine Münze einwirft, bekommt man Warmwasser, Handtücher und all das Zeug. In diesen Duschboxen ist man völlig ungestört. Ich rannte also in den Waschraum, ließ den Revolver über den Fußboden schliddern und stellte mich sofort in die Duschkabine. Ich war sicher, Minerva würde in die Falle gehen, und natürlich tat sie das auch zunächst.«

»Sie kam aus dem Waschraum und wurde erkannt?«

»Ja. Die Leute drängten sich um sie, die Polizisten verhörten sie, und dadurch bekam sie natürlich eine ziemlich genaue Vorstellung, was losgewesen war.«

»Sie rechneten damit, daß Minerva alles bestreiten und sagen würde, eine andere Person müßte das getan haben; dann hätten die Beamten im Waschraum nachgesehen und Sie gefunden.«

»Na, ich war mir nicht sicher, daß es soweit kommen würde. Ich hoffte, bei all der Aufregung aus dem Waschraum zu entkommen. Völlig unvorbereitet war ich aber auf die Möglichkeit, daß sie begriff, was passiert war, und daß sie eiskalt behauptete, *sie* hätte die Schüsse abgefeuert.«

Mason blickte seine Mandantin durchdringend an.

»Sie *war* auch diejenige, die geschossen hat, nicht wahr, Dorrie? Sie selbst spielen nur eine Rolle in einem gründlich vorbereiteten Komplott.«

»Auf Ehre und Gewissen, Mr. Mason, *ich* war es, die geschossen hat. Minerva hat es bewußt auf sich genommen. Ich will Ihnen auch sagen, wie Sie das feststellen können. Ich fürchtete, wenn ich sagen würde: ›Dies ist ein Überfall!‹, hätte ich mich vielleicht trotz der harmlosen Platzpatronen irgendeines Verbrechens schuldig gemacht. Das wollte ich nicht riskieren, und deshalb rief ich, so laut ich konnte: ›Dies ist *kein* Überfall!‹ Natürlich werden die meisten Zeugen aussagen, daß die Täterin gerufen hätte: ›Dies ist ein Überfall!‹«

»Und was haben Sie vor?« fragte Mason. »Was soll ich nun für Sie tun?«

»Ich möchte, daß Sie meine Interessen wahrnehmen. Ich will herausfinden, was am 6. September geschah, und warum jemand dies alles in Bewegung setzte.«

»Sie haben den Eindruck, man will Sie zum Sündenbock machen, Sie als Ersatz vorschieben, und Sie könnten die Lackierte sein, nicht wahr?«

»Ich bin völlig überzeugt«, sagte Dorrie, »daß ich als Double aufgebaut wurde und die Suppe für etwas auslöffeln soll, das ich nicht getan habe. Und wenn Ihre Detektive mir zum Flughafen folgten, dann wissen Sie auch, daß ich diese Schüsse abfeuerte und daß die Frau, die aus dem Waschraum kam, diese Minerva Minden, prompt schaltete und lieber die Schuld auf sich nahm, nur damit das mit ihrer Doppelgängerin nicht bekanntwurde.«

»Würden Sie mir noch einmal Ihren Führerschein zeigen?« fragte Mason.

»Selbstverständlich.«

Sie öffnete ihre Handtasche, nahm den Führerschein heraus und gab ihn Mason.

Er prüfte die Zulassung und sagte: »Lassen Sie mich Ihren Daumen sehen. Ich will ihn mit dem Abdruck vergleichen.«

»Du lieber Himmel, sind Sie mißtrauisch!«

»Ich bin Rechtsanwalt«, entgegnete Mason, »und lasse mich ungern verschaukeln.«

Dorrie Ambler streckte ihm prompt ihren Daumen hin.

»Ich kenne Ihre Abneigung gegen Fingerabdrücke. Deshalb will ich versuchen, den Daumen selbst zu vergleichen«, erklärte Mason.

Er nahm eine Lupe vom Schreibtisch und studierte abwechselnd den Daumen und den Abdruck auf dem Führerschein.

»Zufrieden?« fragte sie.

Mason nickte.

»Und jetzt zeige ich Ihnen noch einmal die Blinddarmnarbe.«

»Das ist nicht nötig«, wehrte Mason schnell ab. »Ich bin überzeugt.«

»Sehr gut. Wollen Sie nun versuchen herauszufinden, wofür ich herhalten soll? Anders gesagt, in welche Gaunerei ich verwickelt bin?«

Mason nickte stumm.

»Ich weiß ja«, fuhr sie fort, »daß es einiges Geld kosten wird. Sehr viel habe ich nicht, aber ...«

»Ich glaube, das stellen wir vorläufig noch zurück«, unterbrach Mason. »Ich werde den Fall noch einmal kurz prüfen und Ihnen dann Nachricht geben.«

»Ich habe – solche Angst«, gestand sie.

»Dazu gibt es wahrscheinlich keinen Anlaß.«

»Aber ich kämpfe gegen eine Person mit unbeschränkten Mitteln, Mr. Mason, gegen eine skrupellose, unerhört gerissene Person. Ich fürchte, selbst mit Ihrer Hilfe werde ich ... Na ja, ich habe eben Angst, sie werden mir doch was anhängen.«

»Rufen Sie gleich jetzt diese Geheimnummer an, und fragen Sie nach Ihren Aufgaben für morgen«, sagte Mason.

Er sah zu Della Street hinüber. »Sie können diesen Apparat dort nehmen, und ich werde mithören, was der Mann sagt.«

Dorrie zögerte einen Augenblick.

»Irgendwelche Einwände?« fragte Mason.

»Ich sollte erst später wieder anrufen.«

»Nun, versuchen wir's schon jetzt. Wir wollen feststellen, ob jemand antwortet. Miss Street wird Ihnen eine Amtsleitung geben, dann können Sie direkt wählen.«

Della Street lächelte. Sie nahm den Hörer ab und drückte auf den Knopf. Als am Telefon ein Licht aufleuchtete, übergab sie an Dorrie Ambler.

»Wählen Sie«, sagte Mason.

Dorrie setzte sich an Della Streets Schreibtisch und drehte die Scheibe. Als sie fertig war, nahm Mason seinen Hörer ab.

»Ja? Hallo?« sagte eine männliche Stimme.

»Wer spricht?« fragte Dorrie Ambler.

»Was haben Sie gewählt?«

Dorrie nannte die Nummer.

»Also, was wünschen Sie?«

»Hier spricht Miss Ambler – Dorrie. Ich möchte wissen, was ich morgen zu tun habe.«

»Morgen«, sagte die Stimme, »tun Sie überhaupt nichts. Machen Sie sich's bequem. Gehen Sie zum Beispiel in einen Schönheitssalon. Viel Vergnügen.«

»Ich habe nichts zu tun?«

»Gar nichts.«

»Und mein Gehalt?«

»Läuft genauso weiter«, sagte der Mann und legte auf.

Dorrie Ambler blickte zu Mason hinüber, als warte sie auf Instruktionen, und ließ dann den Hörer langsam auf die Gabel sinken.

»In Ordnung«, sagte Mason freundlich, wobei er auf seine Uhr sah. »Wir müssen das Büro jetzt schließen und nach Hause gehen, Miss Ambler. Und ich glaube, für Sie wäre es am besten, das gleiche zu tun.«

»Angenommen, es passiert etwas, und die Sache entwickelt sich irgendwie weiter. Wo kann ich Sie erreichen?«

»Ich habe keine Nachtnummer, über die Sie mich erreichen können«, sagte Mason, »aber wenn Sie die Detektei Drake hier nebenan anrufen und eine Nachricht für mich hinterlassen, wird man sie mir spätestens innerhalb einer Stunde ausrichten. Sie meinen, es könnte etwas passieren?«

»Ich weiß nicht. Ich habe nur diese Vorahnung, daß etwas drohend über meinem Kopf hängt. Minerva Minden weiß jetzt natürlich, was los war, und sie ist so ziemlich zu allem fähig. Sehen Sie, ihr muß nun klarsein, daß ich in ihr das Original entdeckt habe, für das ich als Double herhalten soll.«

»Ich werde recherchieren, um was es geht; machen Sie sich keine Sorgen«, beruhigte Mason sie.

»Mir ist viel wohler, seit Sie die Sache in die Hand genommen haben – trotzdem habe ich aber das bestimmte Gefühl, daß mir Schreckliches bevorsteht.«

»Nun, wir können wenig tun, solange wir nicht mehr wissen«, sagte Mason.

»Und bedenken Sie bitte, Mr. Mason, daß ich Sie voll bezahlen will. Ich kann einiges Geld auftreiben. Würden fünfhundert Dollar reichen?«

»Wann können Sie sich fünfhundert Dollar beschaffen?« fragte Mason.

»Ich glaube, bis morgen nachmittag.«

»Sie wollen sich das Geld leihen?«

»Ja.«

»Von wem?«

»Einem Bekannten.«

»Einem Freund?«

Sie zögerte einen Moment, bevor sie langsam nickte.

»Weiß er von dieser Sache?« forschte Mason weiter.

»Nein. Er weiß allerdings, daß ich einen ziemlich sonderbaren Job habe. Er hat mir Fragen gestellt, aber ich habe ihm – nun, unbestimmt geantwortet. Geschäftliche Dinge muß man streng vom Privatleben trennen, meine ich.«

»Das ist höchst empfehlenswert«, stimmte Mason zu. »Sie gehen nun nach Hause, und ich versuche mehr über die Sache zu erfahren. Dann melde ich mich bei Ihnen.«

»Danke«, sagte Dorrie Ambler und gab ihm plötzlich impulsiv die Hand. »Nochmals vielen Dank, Mr. Mason. Sie haben mir eine Riesenlast abgenommen. Guten Abend. Guten Abend, Miss Street.«

Damit schlüpfte sie durch die Tür zum Korridor.

»Na?« fragte Della Street.

»Wir wollen jetzt feststellen, was am 6. September an der Kreuzung Western Avenue und Hollywood Boulevard geschah«, sagte Mason. »Wenn mich nicht alles täuscht, hat Minerva Minden unter Alkoholeinfluß einen Unfall verursacht und Fahrerflucht begangen. Jetzt will sie die Zeugen verwirren, damit sie eine falsche Identifizierung vornehmen. Rufen Sie das Verkehrsdezernat im Polizeipräsidium an, Della, und fragen Sie, welche Fälle von Fahrerflucht am Sechsten registriert wurden.«

Della Street machte sich am Telefon an die Arbeit und nahm die Auskunft stenografisch auf. Sie dankte, legte auf und wandte sich an Perry Mason.

»Am Abend des Sechsten wurde ein Fußgänger, ein Mister Horace Emmett, am Überweg Hollywood Boulevard und Western Avenue angefahren. Er erlitt einen Beckenbruch. Die Fahrerin war eine junge Frau in einem hellen Cadillac. Sie hielt an, besah sich die Sache und stieg aus. Dann besann sie sich anders, sprang ins Auto und fuhr weg. Offenbar war sie angetrunken.«

Mason feixte. »Okay, Della. Jetzt machen wir hier Schluß, und ich lade Sie zum Abendessen ein. Morgen früh werden wir uns um Minerva Minden kümmern, und morgen abend haben wir eine hübsche Honorarregelung für Dorrie Ambler und eine ganz großartige Schadensregelung für Horace Emmet erzielt. Paul Drakes Mitarbeiter Jerry Nelson soll Minerva Mindens Vernehmung beiwohnen und sehen, was der Richter mit ihr macht. Und am besten sagen Sie Paul, er soll sämtliche Einzelheiten zu diesem Unfall feststellen.«

4

Am nächsten Morgen um 10 Uhr ertönte Paul Drakes Klopfzeichen an der Tür zu Perry Masons Büro.

Mason nickte Della Street zu, die dem Detektiv öffnete.

»Hallo, Schöne«, sagte Paul. »Ausgehen und Tanzen bekommen Ihnen offensichtlich. Ihre Augen sehen heute aus wie unergründliche Teiche im Mondlicht.«

Della Street lachte. »Und Ihnen bekommt es anscheinend, im Büro zu hocken, kalten Kaffee zu trinken und klitschige Hackbrötchen zu essen; Sie haben lauter romantische Ideen im Kopf.«

»Der kalte Kaffee geht noch immer vor mir her«, sagte Drake sauer. Er wandte sich an Mason. »Ich habe Jerry Nelson zum Gericht geschickt, damit er sich Minerva Mindens Verhandlung anhört, Perry. Ich habe ihm deine Telefonnummer gegeben, er soll sich hier bei mir melden. Du willst doch sicher Bescheid haben?«

Mason nickte.

»Ich habe Nelson noch eine Weile warten lassen«, fuhr Drake fort, »es war nämlich unbestimmt, ob Minerva Minden persönlich vor Gericht erscheinen würde. Sie hätte sich auch durch einen Anwalt vertreten lassen können.«

»Ist sie denn da?« fragte Mason.

»Persönlich, mit ihrem ganzen Charme. Sie versteht es prächtig, gerade so viel Bein zu zeigen, um den Richter auf ihre Seite zu kriegen, aber kurz vor der schamlosen Entblößung haltzumachen. Ein beachtliches Mädchen.«

Drake sah auf seine Uhr. »Wir müßten jetzt jeden Augenblick von Nelson hören.«

»Lief da nicht mal ein Prozeß wegen des Mindenschen Erbes?« fragte Della.

Drake grinste. »Stimmt, und es hätten leicht noch zahlreiche Prozesse dazukommen können. Der alte Harper Minden hinterließ ein Riesenvermögen und keinen einzigen greifbaren Erben. Bis schließlich irgendein kühner Reporter Minerva Minden zutage förderte. Minerva war damals Serviermädchen und ein ziemliches Problem. Sie soll ein Lotterleben geführt haben. Jetzt, seit sie einen Haufen Geld ergattert hat, heißt sie die ›tolle‹ Erbin.«

»Aber Harper Minden war nicht ihr Großvater, oder?« fragte Mason.

»Keineswegs. Er war nur irgendwie in der Seitenlinie mit ihr verwandt, und deshalb liegt der Hauptteil des Nachlasses ja auch noch fest. Minerva hat einen Anteil von fünf bis sechs Millionen erhalten, aber ...«

»Brutto?« fragte Mason.

»Das Testament enthielt die Klausel, daß alle Steuern aus dem Nachlaß zu zahlen seien«, erklärte Drake, »und ich kann dir sagen, das war nicht wenig. Aber der alte Harper hatte wahrhaftig was aufgestapelt, er wußte schon gar nicht mehr, wieviel es war. Er besaß Goldminen, Ölquellen, Grundbesitz, einfach alles.«

Das Telefon läutete.

»Wahrscheinlich Jerry«, sagte Drake.

Della meldete sich, nickte dann Paul Drake zu und gab ihm den Hörer.

»Sie haben doch einen Lautsprecheranschluß, Della?« fragte Drake.

Sie nickte, drückte einen Knopf und stellte ein Konferenzmikrofon auf Masons Schreibtisch.

Drake, der etwa drei Meter vom Mikrofon entfernt saß, meldete sich am Telefon: »Hallo, Jerry. Kannst du mich hören?«

»Natürlich kann ich dich hören«, antwortete Nelson, wobei seine durch Lautsprecher verstärkte Stimme Masons Büro füllte.

»Hast du das Mädchen schon richtig gesehen?«

»Und ob?« fragte Jerry. »Mir bleibt noch immer die Luft weg.«

»So umwerfend ist sie?«

»Nicht allein umwerfend; auch so verblüffend ähnlich. Hör mal, Paul, sind die beiden Mädchen möglicherweise verwandt? Ich meine: nahe verwandt? Weiß jemand, ob Minerva Minden eine Schwester hat?«

»Angeblich hat sie keine«, sagte Drake.

»Soweit ich mich aber erinnere«, wandte Nelson ein, »hat es irgendeinen Streit um diese Sache gegeben. Minerva Minden konnte ihre Verwandtschaft nachweisen und erhielt damit ein paar Millionen Dollar, aber der Stammbaum wurde niemals einwandfrei geklärt. Es ging das Gerücht, daß auch eine verstorbene Schwester von Minervas Mutter möglicherweise ein Kind hatte.«

»Du hast den Eindruck, daß die beiden Mädchen verwandt sind?« fragte Drake.

»Ich würde meinen letzten Cent darauf wetten. Eine solche Ähnlichkeit habe ich im Leben nie gesehen. Die beiden sehen gleich aus, haben die gleiche Figur, die gleiche Art, sich zu bewegen. Ihre Stimmen sind zwar verschieden, auch Haar und Hautfarbe. Trotzdem ist die Ähnlichkeit frappierend. Ich weiß ja nicht, was ihr da bearbeitet, nehme aber an, es geht um die Erbschaft. Daraus sind noch zwanzig bis dreißig Millionen Dollar zu verteilen. Ich kann nur sagen, da seid ihr auf eine Goldader gestoßen.«

»Okay«, meinte Drake und warf Mason einen Blick zu. »Behalt die Sache für dich. Wo bist du jetzt?«

»Noch im Gericht.«

»Und was tut sich da?«

»Oh, das Übliche. Der Richter guckt Minerva über die Brille strafend an und hält ihr eine Standpauke. Er hat beide Punkte mit fünfhundert Dollar Buße belegt, ergibt zusammen tausend Dollar. Jetzt macht er ihr gerade klar, daß er ihr um ein Haar noch eine Gefängnisstrafe obendrein verpaßt hätte. Trotz dringenden Ersuchens des Verteidigers will er die Bewährung ablehnen und die Geldstrafen bestehen lassen. Er meint, es wäre ungerecht, dieser Angeklagten Strafaussetzung zu gewähren.«

»In Ordnung«, sagte Drake. »Bleib auf dem Posten, und sieh sie dir möglichst genau an.«

»Mann, und wie genau ich sie mir angesehen habe!« erwiderte Nelson.

»Okay, dann komm zurück. Bist du ihr aufgefallen?«

»Himmel, der Gerichtssaal ist zum Platzen voll, und alle glotzen. Also, bis gleich.«

Della Street drückte den Trennknopf zum Telefon.

»Na, was wissen wir jetzt?« Drake blickte Mason fragend an.

»Anscheinend nicht einmal die Hälfte«, sagte Mason nachdenklich.

»Was steckt hinter all dem, Perry?«

»Offenbar brauchte Minerva Minden ein Double, das für sie herhalten sollte«, meinte Mason.

»Wegen der Fahrerflucht?«

Mason nickte gedankenvoll.

»Was wurde denn unternommen?« fragte Drake.

»Vielleicht ist dir kürzlich in der Zeitung eine Annonce aufgefallen, in der tausend Dollar im Monat für eine Frau geboten wurden, die gewisse Bedingungen hinsichtlich Alter, Größe, Gewicht und Aussehen erfüllte?«

»Nein, ist mir nicht aufgefallen«, sagte Drake.

»Offenbar aber zahlreichen Frauen. Alle Bewerberinnen wurden einer intensiven Prüfung unterzogen. Gewünscht wurde eine, die Minerva Mindens Kleidung tragen konnte. Darin sollte sie einige Zeit am Unfallort auf- und abmarschieren, bis zumindest einer der Zeugen sie wiedererkannte.«

»Aber die falsche Frau?«

»Die falsche Frau«, bestätigte Mason. »Das hätte Minerva aus der Patsche geholfen. Wenn man anschließend herausfand, daß es die falsche war, hatten sämtliche fraglichen Zeugen wenigstens *eine* nachweislich falsche Identifikation vorgenommen. Und das mußte die Sache des Staatsanwalts kolossal belasten. Falls sich andererseits die Anklage gegen die Doppelgängerin rechtfertigen ließ, war Minerva den Fall los.«

»Und sie fanden eine solche Doppelgängerin?« fragte Drake ungläubig.

Mason nickte. »Einer jener Zufälle, Paul. Offenbar machte eine Detektei sich auf die Suche nach einem passenden Mädchen, das vor wenigstens einem der Zeugen auf und ab wandern konnte, bis es zur Identifizierung kam. Dann wären vermutlich die andern Zeugen hinzugezogen worden, und alle hätten die falsche Person wiedererkannt.«

Drake grinste. »Na, Perry, wäre es nicht ausgleichende Gerechtigkeit, wenn dieses Mädchen dadurch die Erbschaft von einigen fünfzig Millionen Dollar mit einer Verwandten teilen müßte? Wie stünden wir da in solchem Fall?«

»Wir säßen genau am Ende eines goldenen Astes«, sagte Mason. »Wir ...«

Das Telefon läutete.

Della meldete sich, hielt dann die Hand über die Sprechmuschel und sagte zu Mason: »Dorrie Ambler.«

»Stellen Sie auf Lautsprecher um, Della.«

Sekunden später nickte Della Street, und Mason sagte: »Hallo, Miss Ambler.«

»Oh, Mr. Mason!« Dorries Stimme klang aufgeregt. »Ich weiß, ich habe kein Recht, Sie darum zu bitten, aber könnten Sie in meine Wohnung kommen?«

»Warum kommen Sie nicht her?« fragte Mason.

»Ich kann nicht.«

»Wieso nicht?«

»Ich werde beobachtet. Ich bin hier festgenagelt.«

»Wo ist ›hier‹?«

»In den Parkhurst Apartments, Nr. 907.«

»Was hält Sie denn da fest?«

»Fremde Männer – einer draußen auf dem Korridor, der dauernd im Besenschrank herumfuhrwerkt – und vom Fenster aus kann ich meinen Wagen sehen, der von einem andern Mann bewacht wird.«

»Nun ja«, sagte Mason, »das heißt, die Polizei hat Sie ausgemacht, und man wird Sie wegen Fahrerflucht festnehmen.«

»Fahrerflucht?« fragte sie.

»Genau. Das ist es nämlich, was am 6. September passierte.«

»Und Sie meinen, damit wollte man mich reinlegen?« fragte sie empört. »Ich soll mich für diese enorm reiche Frau opfern, die ...«

»Vorsicht, Vorsicht«, mahnte Mason. »Wir sind am Telefon und wissen nicht, wer mithört. Schauen Sie, Miss Ambler, es hat sich etwas von größter Wichtigkeit ergeben. Ich muß Sie sofort hier sprechen.«

»Aber ich kann nicht weg. Ich getraue mich nicht. Ich bin in Todesängsten.«

»Diese Männer sind Polizeibeamte«, erklärte Mason ihr. »Sie tun Ihnen nichts, aber sie werden bleiben, bis sie sicher wissen, daß Sie aufgestanden und angezogen sind. Dann werden sie hereinplatzen und Sie über die Autofahrt und den Unfall am 6. September vernehmen.«

»Aber was soll ich ihnen denn erzählen?«

»Im Moment überhaupt nichts«, sagte Mason. »Wir haben noch nicht alle Beweise beisammen, werden sie aber bekommen. Sagen Sie, am 6. September waren Sie zu Hause. Weitere Angaben machen Sie nicht. Inzwischen gehen wir an die Arbeit. Wo ist Ihr Wagen?«

»Unten.«

»Sie sagen, Sie können ihn sehen?«

»Ja.«

»Wo steht er denn?«

»Am Randstein.«

»Gibt es denn keine Garagen bei Ihrem Haus?«

»Ja, aber mit dem Schloß an meiner Garagentür war irgend etwas los, und mein Schlüssel funktioniert nicht mehr. Ich benutze die Garage aber ohnehin selten, sie ist nicht besonders gut belüftet. Viele Mieter lassen ihre Wagen draußen.«

»In Ordnung«, sagte Mason. »Ich muß jetzt noch etwas wissen, Miss Ambler. Sagen Sie, lebt Ihr Vater noch?«

»Nein.«

»Aber Sie wissen alles über Ihre Familie?«

»Warum fragen Sie, Mr. Mason?«

»Weil sich in diesem Zusammenhang gerade etwas ergeben hat, das wichtig sein könnte.«

»Mr. Mason, ich weiß nicht das geringste über meine Familie. Ich wurde – nun, ich wurde adoptiert. Ich glaube, ich bin ... Also gut, ich kann es Ihnen ja ruhig sagen, Sie sind mein Anwalt. Ich bin ein uneheliches Kind.«

Mason und Paul Drake tauschten einen Blick.

»Woher wissen Sie das?« fragte Mason.

»Weil meine Mutter mich bei der Fürsorge zur Adoption anmeldete, und – na ja, ich habe es niemals ganz durchschaut. Es war wohl einer dieser undurchsichtigen Fälle. Manchmal hab' ich mich schon gefragt, wer meine Eltern wirklich waren.«

»Haben Sie niemals versucht, das herauszufinden?« fragte Mason.

»Nein. Auf welche Art hätte ich es denn versuchen sollen?«

»Bleiben Sie zu Hause«, sagte Mason. »Ich komme zu Ihnen, ich muß mit Ihnen reden. Mr. Drake wird mich begleiten; Sie wissen, der Detektiv.«

»Oh ... Könnten Sie sofort kommen, Mr. Mason?«

»Auf schnellstem Wege. Und verlassen Sie Ihre Wohnung nicht, was auch geschieht.«

Mason nickte Della Street zu, die den Lautsprecher abschaltete.

»Komm, Paul, mach dich fertig«, drängte Mason. »Und sobald Jerry Nelson eintrifft, Della, sagen Sie ihm, er soll uns folgen. Sie haben Dorries Adresse. Jerry soll sich dieses Mädchen noch einmal genau ansehen und mit dem anderen verglei- chen. Möglicherweise sind wir auf einer glühendheißen Spur.«

»Einer glühendheißen Spur zu fünfzig Millionen Dollar«, frohlockte Paul Drake. »Mann, wäre das ein Fressen!«

5

Drake parkte vor den Parkhurst Apartments. Sich vorsichtig umschauend, stiegen er und Mason aus.

»Siehst du einen Beobachter, Paul?« fragte Mason.

»Noch nicht.« Drake ließ sein geübtes Auge schweifen. »Weißt du, was für einen Wagen sie fährt, Perry?«

»Nein, aber bei einem berufstätigen jungen Mädchen wird es wohl ein Modell mittlerer Preislage sein, wahrscheinlich vier bis fünf Jahre alt.«

»Davon gibt's hier viele«, sagte Drake. »Aber die Luft scheint mir rein. In den parkenden Wagen sitzt auch niemand.«

»Fein, dann wollen wir raufgehen.«

»Wir machen besser einen Schlachtplan«, schlug Drake vor. »Nimm mal an, dieser Kerl im Korridor geht außer Sicht, wenn wir heraufkommen.«

»Dann holen wir ihn aus seinem Versteck und helfen ihm auf die Sprünge.«

»Wenn er von der Kripo ist, kriegst du Ärger«, warnte Drake.

»Und wenn nicht, kriegt *er* Ärger«, gab Mason kampfentschlossen zurück. »Auf jeden Fall wird er einiges erklären müssen. Komm, Paul, auf geht's.«

Sie stiegen in den Lift und fuhren zum neunten Stock. »Nimm du die linke Seite, Paul«, sagte Mason, »ich nehme die rechte. Sieh dich gründlich um.«

Die beiden Männer schritten jeder bis zum Flurende, kehrten um und trafen sich vor dem Fahrstuhl wieder.

»Hast du auf deiner Seite etwas entdeckt?« fragte Drake.

Mason schüttelte den Kopf.

»Ich auch nicht.«

»Also gut, reden wir mit Dorrie. Bedenke bitte, Paul, alles was mit der Erbschaft zusammenhängt, ist bisher außerplanmäßig. Das bringen wir jetzt nicht zur Sprache. Wir wollen uns zunächst ein Bild von der Lage machen. Bis jetzt bin ich nur zu einem bestimmten Zweck beauftragt.«

»Und zu welchem?« fragte Drake.

Mason grinste. »Sie vor dem traurigen Los eines unschuldigen Opfers zu bewahren. Okay, Paul.«

Sie gingen auf die Tür Nr. 907 zu.

Mason drückte den Klingelknopf aus Perlmutt.

Alles blieb still.

»Sie muß bestimmt zu Hause sein«, sagte Mason. Er drückte noch einmal auf den Knopf, klopfte dann an die Tür.

»Ich höre drinnen etwas, Perry«, flüsterte Drake. »Ein schleifendes Geräusch.«

Mason preßte das Ohr an die Tür.

»Hört sich an, als ob etwas über den Fußboden gezogen wird«, stellte er fest und hämmerte energisch gegen die Tür.

In der Wohnung erschütterte ein dumpfer Aufschlag den Fußboden. Eine Frau schrie auf, aber ihr Schrei brach ab, als hätte ihr jemand eine Hand über den Mund gehalten.

Mason warf sich gegen die Tür. Das Schnappschloß knackte, die Tür öffnete sich einen Spalt und wurde dann von einer Messingkette gehalten.

Im Apartment schlug eine Tür.

»Rein!« rief Mason und warf sich wieder kraftvoll gegen die Tür.

Holz krachte störrisch, die Kette spannte sich straff. Noch immer hielt die Tür.

»Los doch«, rief Mason Drake zu, »beide zugleich! Hau ruck!«

Dem vereinten Gewicht der beiden Männer hielt die Tür nicht stand. Die Schrauben rissen aus dem Sicherheitsschloß, die Tür schlug weit auf, rammte den Stopper und bebte in den Angeln.

Für den Bruchteil einer Sekunde standen Mason und Drake im Eingang und betrachteten das Chaos, das sich ihnen darbot.

Das Apartment bestand aus Wohnzimmer, Schlafzimmer, Bad und Küche. Durch die offene Schlafzimmertür sah man aus der Kommode und dem Schreibtisch herausgerissene Schubladen, deren Inhalt in heillosem Wirrwarr über den Fußboden verstreut war.

Im Wohnzimmer lag ein Mann verrenkt auf dem Rücken, mit hängendem Unterkiefer.

Geräusche drangen durch die geschlossene Tür, die offenbar zur Küche führte.

Mason schob sich an Paul Drake vorbei, nahm Anlauf und wuchtete sich mit ganzem Gewicht gegen die Küchentür. Sie gab um wenige Zentimeter nach und schloß sich wieder, während Mason zum nächsten Ausfall zurücktrat.

»Komm doch, Paul!« rief er.

Beide Männer warfen sich gegen die Tür, die sich wieder ein paar Zentimeter öffnete und sofort schloß.

»Jemand stemmt sich von der andern Seite dagegen«, warnte Drake. »Paß auf! Die schießen durch die Füllung.«

»Laß sie. Eine Frau ist dahinter in Gefahr. Schlag die Tür ein.«

Drake packte Mason und zog ihn zur Seite. »Sei doch nicht närrisch, Perry. Ich habe so was schon zu oft mitgemacht. Wir haben einen Mörder in der Küche gestellt. Ruf die Polizei an. Sei vernünftig und steh, um Gottes willen, nicht da vor der Türfüllung. Sobald der Killer weiß, daß er gefangen ist, jagt er einen Kugelhagel durch.«

Mason starrte noch immer auf die Tür. »Na gut, Paul. Ruf die Polizei an. Ich will einen Blick auf diesen Mann werfen und sehen, wie lange er schon tot ist.«

Der Anwalt machte ein, zwei Schritte und warf sich blitzschnell noch einmal gegen die Küchentür.

Wieder gab sie leicht nach und wurde prompt zugedrückt.

»Wart mal, Paul«, sagte Mason. »Da hält gar keiner zu. Ein Stuhl oder sonst was ist dagegengebaut und mit Gummi abgestützt, so daß er ... Komm her, hilf mir mal.«

»Augenblick«, antwortete Drake, »ich habe die Polizei an der Strippe.«

Er gab die Adresse an und berichtete, ein toter Mann läge auf dem Fußboden; der oder die Mörder seien in der Küche; offenbar hätten sie das junge Mädchen, die Mieterin des Apartments, als Geisel bei sich.

Drake legte den Hörer auf.

Mason ergriff einen Stuhl, schwenkte ihn einmal im Kreis und ließ ihn gegen die Küchentür krachen.

Die Füllung barst. Mason stieß ein paar Splitter mit dem Absatz weg und blickte in die Küche. »Ein großer Küchentisch gegen die Tür geschoben, Matratzen zwischen Wand und Tisch gestopft«, berichtete er.

»Ich sag dir, sie sind in der Küche«, rief Drake. »Geh weg da! Die Polizei wird sofort hier sein.«

Mason schwang den Stuhl noch einmal, zerschmetterte ein weiteres Türfeld und riß es mit bloßen Händen heraus. Nach einem Blick durch die zertrümmerte Tür drehte er sich ruckartig um und stürzte zum Flur.

»Was ist los?« fragte Drake.

»Es gibt eine Hintertür!« rief Mason. »Sie ist offen.«

Er lief durch den Korridor, bis er eine Tür fand, die zur Küche führte. Wenige Schritte hinter ihm folgte Drake.

»Na ja, darauf sind wir natürlich hereingefallen«, sagte Paul Drake. »Mir kam es so vor, als ob jemand die Tür zudrückte. Jetzt sieht man, was los war. Sie nahmen zwei Matratzen, legten eine zwischen Tisch und Tür, die andere zwischen Tisch und Elektroherd. Ein paar Zentimeter gab die Tür nach, aber nicht genug. Ich hatte das bestimmte Gefühl, daß jemand sie von der anderen Seite zuhielt.«

Drake lief zurück zum Telefon und rief noch einmal die Polizei an. »Lassen Sie Ihre Zentrale an alle in diesem Mord- und Entführungsfall eingesetzten Streifenwagen durchgeben, daß zumindest ein Mann und eine Frau – letztere wahrscheinlich als Geisel – soeben aus dem Apartmenthaus geflüchtet sind. Vielleicht haben sie die Straße erreicht; sie können aber nicht weit gekommen sein. Die Streifen sollen die Augen offenhalten.«

Drake legte auf und ging zu Mason hinüber, der neben der reglosen Gestalt am Boden kniete.

»Der Bursche lebt noch«, sagte der Anwalt.

Drake fühlte den Puls des Mannes. »Schwach und unregelmäßig«, stellte er fest, »aber immerhin. Wir wollen lieber eine Ambulanz bestellen. Oha, sieh mal!«

Der Detektiv zeigte auf einen kleinen roten Fleck auf der Hemdbrust des Mannes.

Er öffnete ihm das Hemd, zog das Unterhemd herunter und entblößte eine Punktur in der Haut.

»Teufel, was ist das?« fragte Drake.

»Ein Loch von einer zweiundzwanzigkalibrigen Kugel«, antwortete Mason. »Wir müssen vorsichtig sein und dürfen nichts berühren, Paul. Häng dich ans Telefon und sag der Polizei, daß der Mann noch lebt. Wir wollen ihn auf dem schnellsten Weg zum Krankenhaus schaffen.«

Drake ging noch einmal zum Telefon. Danach standen beide Männer einen Augenblick im Türeingang.

»Woher haben sie die Matratzen?« fragte Drake.

»Anscheinend vom Doppelbett im Schlafzimmer. Sie wurden in die Küche geschleppt. Offenbar wollten die Leute sich verbarrikadieren und freischießen. Dann stellten sie fest, daß sie die Küchentür dicht machen konnten und damit eine Chance hatten, über den Flur und die Treppe zu entkommen.«

»Du meinst, es waren zwei?«

»Es sind zwei Matratzen«, sagte Mason. »Nach der Lage des Bettzeugs zu urteilen, packte jemand einfach die unteren Enden der Matratzen und schleifte sie hin. Wahrscheinlich reichte die Zeit nicht für zwei Wege. Also müssen es mindestens zwei Leute gewesen sein, vielleicht sogar drei; denn einer muß das Mädchen festgehalten haben. Und das erklärt auch den Schrei, der sofort erstickt wurde.«

»Von dem Augenblick an, als wir zum erstenmal läuteten, mußten sie schnelle Arbeit leisten«, sagte Drake. »Natürlich hörte man die Geräusche. Es müssen ...«

»Es waren vermutlich ganze fünfzehn Sekunden. Da kann viel passieren. Wenn das Mädchen bloß früher geschrien hätte – wir wären durchgebrochen, statt wie zwei Dussel vor der Tür zu stehen.«

»Und das Mädchen war ...«

»Meine Mandantin, Dorrie Ambler, natürlich«, sagte Mason.

»Sie können nicht weit gekommen sein«, meinte Drake. »Sie ...«

Eine Stimme am Eingang fragte: »Was geht hier vor?«

»Schießerei, Entführung und Einbruch, offenbar«, berichtete Mason dem uniformierten Polizeibeamten. »Wir trieben die Leute in die Küche. Sie verbarrikadierten jedoch die Tür und flüchteten durch den Hinterausgang.«

»Eine Ambulanz ist schon bestellt«, sagte Mason.

»Darüber bin ich im Bilde. Haben Sie irgendeine Beschreibung der Beteiligten?«

Mason schüttelte den Kopf. »Ich habe die Polizei verständigt, damit die Zentrale ...«

»Weiß ich, weiß ich«, unterbrach ihn der Beamte. »Wir haben vier Streifenwagen in diesem Gebiet zusammengezogen. Sie stoppen jeden, der aus dem Apartmenthaus kommt. Wahrscheinlich ist es aber zu spät. Hier kommt die Ambulanz.«

Das Heulen einer Sirene näherte sich.

»Okay«, sagte der Beamte, »was Sie beide hier tun konnten, haben Sie getan. Gehen wir jetzt auf den Korridor, damit wir nicht mehr als die unvermeidlichen Fingerabdrücke hinterlassen.«

Mason und Drake warteten auf dem Flur, bis die Krankenträger den Mann aus dem Zimmer geholt hatten. Weitere Kriminalbeamte trafen ein, und schließlich erschien auch Leutnant Tragg vom Morddezernat.

»Sieh mal einer an«, sagte Tragg. »Welch ungewöhnliches Ereignis! Im allgemeinen stehen Sie ja auf der andern Seite, Perry. Aber wie ich höre, haben Sie diesmal um polizeiliche Unterstützung gebeten.«

»So ist es«, stimmte Mason zu, »und ein wenig von jener polizeilichen Findigkeit, die sich oft als so störend erwies, käme mir jetzt höchst gelegen.«

»Was können Sie uns denn über den Fall berichten?« erkundigte sich Tragg.

»Nicht sehr viel, fürchte ich. Die Mieterin hier suchte mich in einer Sache auf, über die ich noch nicht sprechen kann. Sie fürchtete jedoch für ihre Sicherheit, als sie mich heute vormittag anrief.«

»Um welche Zeit?«

»Gegen 10.20 Uhr.«

»Wie legen Sie das so genau fest?«

»Nach dem Gedächtnis und auf Grund anderer Umstände.«

»Welcher anderen Umstände?«

»Einer Gerichtsverhandlung, die mich interessierte und über die ich mir berichten ließ.«

»Sie geben sich also wieder geheimnisvoll, Perry?« sagte Tragg.

»Ich versuche die Interessen meiner Mandantin zu wahren«, antwortete Mason. »Es ist eine Tatsache, daß Mitteilungen an die Polizei sehr häufig Aufsehen in der Presse verursachen. Ich bin aber durchaus nicht sicher, daß meine Mandantin in diesen Dingen Wert auf Publizität legt. Sie rief mich jedoch heute morgen an und bat, ich möchte umgehend zu ihr kommen. Sie hatte den Eindruck, daß ihre Wohnung von Leuten bewacht wurde, die üble Absichten hatten.«

»Also ernannten Sie und Paul Drake sich zu Leibwächtern und stürmten zum Schauplatz«, folgerte Tragg. »Warum verständigten Sie nicht die Polizei?«

»Ich glaube nicht, daß meine Mandantin das wünschte.«

»Wie kommen Sie darauf?«

»Weil sie das sonst selbst hätte tun können.«

»Es gibt hier eine zum Haus gehörende Garage«, sagte Tragg. »Wir gehen jetzt hinunter und sehen sie uns an. Sie und Drake kommen besser mit, ich möchte Sie nicht aus den Augen verlieren.«

»Was wird damit?« fragte Mason, auf die verwüstete Wohnung deutend.

»Das hat alles Zeit«, entschied Tragg. »Die Sachen werden bewacht, und was an Indizien vorhanden ist, bleibt erhalten. Ich will jetzt einen Blick in die Garage werfen, vielleicht finden wir da etwas.«

»Meinen Sie, die junge Frau wurde in ihrem Wagen entführt?«

»Das weiß ich nicht.«

»Daß sie entführt wurde, glauben Sie aber?«

»Bestimmt wurde sie gegen ihren Willen fortgeschafft.«

»Na, gehen wir mal hinunter«, sagte Tragg. »Ich habe auch eine Neuigkeit für Sie, Perry.«

»Die wäre?«

»Die Apartments in diesem Gebäude haben Privatgaragen. Unsere Jungens haben in die Garage geschaut, die zu dieser Wohnung gehört. Raten Sie mal, was sie gefunden haben?«

»Doch nicht Miss Amblers Leiche?«

»Nein, nein, nein«, beeilte Tragg sich zu beteuern, »ich wollte Sie doch nicht erschrecken, Perry. Ganz schonend wollte ich es Ihnen beibringen: Wir fanden etwas, das wir schon seit etlichen Tagen suchten.«

»Was?«

»Das Auto eines flüchtigen Fahrers, einen hellen Cadillac mit der Nummer WHW 694. Er wurde am 5. September in San Franzisko gestohlen und war hier am 6. September in einen Unfall mit Fahrerflucht verwickelt.«

»Sie meinen, dieser Wagen steht hier in der Garage?«

»Genau das. Mit leicht verbeultem Kotflügel und zerbrochenem linken Scheinwerferglas, zu dem großartig eine ausgezackte Scherbe paßt, die am Unfallort gefunden wurde. Ich hätte gern, daß Sie sich's mal ansehen.«

»Dann hatte sie also recht«, sagte Mason.

»Wer hatte recht?«

»Meine Mandantin.«

»Worin?«

»Einzelheiten kann ich Ihnen im Moment nicht angeben, Tragg, ich darf aber sagen, daß das Vorhandensein dieses Wagens mit dem Anlaß übereinstimmt, aus dem sie mich überhaupt aufsuchte.«

»Sehr, sehr reizend«, spöttelte Tragg. »Und wenn Sie nun Ihrer Mandantin helfen und die Polizei bei der Fahndung unterstützen wollen, damit der Frau nichts zustößt, dann sollten Sie mir vielleicht ein bißchen mehr über ihre Sorgen erzählen.«

»Also gut, ich will Ihnen folgendes sagen«, erwiderte Mason. »Sie hatte das bestimmte Gefühl, man wollte sie in eine Sache verwickeln – in irgendeinen Vorfall, der sich am 6. September ereignete. Sie wußte nicht mit Sicherheit, um was es ging.«

»Und Sie nahmen es auf sich, das festzustellen?«

»Ich habe mich ein bißchen umgehört.«

»Wobei Sie von der Fahrerflucht erfuhren?«

»Ja.«

»Und Sie wußten auch, daß der Fluchtwagen in dieser Garage stand?«

»Keineswegs wußte ich das«, protestierte Mason. »Zu ihrer Information: Ich habe mich weder der Begünstigung in einem Fall von Fahrerflucht schuldig gemacht, noch will ich irgendein Verbrechen vertuschen; der bewußte Wagen wurde vor wenigen Minuten in die Garage gestellt – im Zusammenhang mit der Sache, die wir hier untersuchen.«

Ein Polizeibeamter stieg aus dem Fahrstuhl und übergab Tragg ein gefaltetes Papier.

Tragg las die Meldung. »Da haben wir's«, sagte er mit einem Blick zu Mason.

»Was meinen Sie?«

»Der Mann ist auf dem Transport gestorben; also haben wir jetzt einen Mordfall.«

»Hoffen wir, daß es nicht zwei werden«, entgegnete Mason.

Tragg ging voran zum Lift und dann zum rückwärtigen Parkplatz mit den Reihen numerierter Garagen.

»Hier entlang«, sagte Tragg. Er überquerte den Parkplatz und blieb vor Garage 907 stehen. Er zog einen Schlüssel heraus, mit dem er das Vorhängeschloß öffnete. »Ich muß Sie jetzt bitten, die Hände in den Taschen zu behalten«, wandte er sich an Mason, »und nicht das geringste zu berühren. Sie sollen es sich nur ansehen, weiter nichts.«

Mason schob die Hände in die Taschen, Paul Drake machte es ebenso.

Tragg schaltete das Licht ein.

»Da ist er«, sagte er.

Mason betrachtete den großen hellen Wagen. »Na und?« fragte er.

»Sehen Sie sich den rechten Kotflügel an, Perry. Stellen Sie sich etwas mehr dorthin – noch etwas weiter – genau da. Sehen Sie's? Sehen Sie das Spinngewebe mit den Fliegen? Dieses Spinnennetz verläuft vom Firmenzeichen am Wagen bis zur Kante des kleinen Werktisches hier an der Wand. Und beachten Sie die Fliegen darin. Das Spinnennetz hängt schon eine ganze Zeit da.« Tragg beobachtete Masons Gesicht; er fuhr fort: »Ich bin lange genug im Beruf, Perry, um zu wissen, daß man keiner Frau glauben kann. Und schon gar nicht, wenn sie die Möglichkeit hatte, sich ihre Story vorher zurechtzulegen. Wenn Dorrie Ambler Ihre Mandantin ist, wurde sie vielleicht entführt – vielleicht auch nicht. In ihrer Wohnung jedenfalls lag ein Ermordeter. Sie mag dafür verantwortlich sein oder nicht – auf jeden Fall steht in ihrer Garage ein heißes Auto, und dafür ist sie todsicher verantwortlich. Das Fahrzeug ist erstens gestohlen und war zweitens in einen Unfall mit Fahrerflucht verwickelt. Jetzt frage ich Sie also, Perry: Was wissen Sie über Dorrie Ambler?«

Mason schwieg einen Augenblick und antwortete dann: »Nicht allzuviel.«

»Und alles beruht auf ihren eigenen Angaben?«

»Alles«, bestätigte Mason.

»In Ordnung. Ich werde niemandem sagen, daß ich Ihnen dieses Spinngewebe zeigte. Wir wollen es besprühen und fotografieren. Es wird ein starkes Argument für den Staatsanwalt sein, wenn der Fall zur Verhandlung kommt. Diese Information kann für Ihre Mandantin entscheidend werden. Ich glaube, Sie haben auch für mich eine entscheidende Mitteilung, als Gegenleistung?« Tragg führte Mason und den Detektiv aus der Garage und schloß ab. »Nun, Perry, wie steht's?« fragte er.

»Ich würde gern mit Ihnen zusammenarbeiten, Tragg«, erwiderte Mason, »aber ich muß mir die Dinge noch durch den Kopf gehen lassen und gewisse Einzelheiten überprüfen.«

»Und danach werden Sie uns alles sagen, was Sie wissen?«

»Alles, was ich Ihnen mit gutem Gewissen sagen kann und meiner Mandantin nicht zum Nachteil gereicht.«

»Na schön«, sagte Tragg, »dann müssen wir uns damit zufriedengeben.«

»Um eins nur möchte ich Sie bitten.«

»Um was?«

»Geben Sie mir Nachricht, sobald Sie Verbindung zu meiner Mandantin haben?«

»Wenn wir sie finden, Mason«, erwiderte Leutnant Tragg, »werden wir sie über einen Mord und einen Fall von Unfallflucht vernehmen. Wir werden ihr sagen, daß sie sich mit ihrem Anwalt besprechen kann. Aber wir werden auch mit allen Mitteln versuchen, sie zum Reden zu bringen. Das wissen Sie.«

»Ja«, sagte Mason, »das weiß ich.«

6

Sobald Leutnant Tragg außer Hörweite war, sagte Perry Mason zu Drake: »Ruf dein Büro an, Paul. Ich brauche Minerva Minden. Ich muß mit ihr reden, bevor die Polizei das tut.«

»Okay, wir gehen aber besser ein Stück die Straße hinunter, ehe wir telefonieren.«

»Sie könnte noch im Gericht sein«, meinte Mason.

»Könnte«, sagte Drake. »Mir schwant aber, ihr Anwalt hat sie so schnell wie möglich aus dem Verkehr gezogen. Du weißt so gut wie ich, daß eine Tausend-Dollar-Geldstrafe für Minerva Minden nicht mehr bedeutet als der Nickel, den sie in die Parkuhr steckt. Der Vortrag, den der Richter ihr gehalten hat, war für sie nichts weiter als leerer Schall. Dieses Mädchen hat schon oft in der Tinte gesessen und weiß, wie man über die Runden kommt. Sie hörte sittsam zu, als der Richter ihr die Leviten las, zahlte die tausend Dollar mit gebührender Bescheidenheit und hielt bereits Ausschau nach einem Platz, wo sie mit einer Pulle Schampus ihren Sieg feiern konnte. Richter schätzen es aber nicht, wenn Verurteilte anschließend feiern. Anwälte wissen das, und Minervas Anwalt denkt nicht nur an diesen Fall, sondern schon an ihren nächsten, ebenso wie an seinen nächsten vor dem gleichen Richter. Deshalb vermute ich stark, daß er ihr geraten hat, von der Bildfläche zu verschwinden, der Öffentlichkeit aus dem Weg zu gehen und Anrufe nicht zu beantworten.«

»Das leuchtet mir ein«, sagte Mason. »Genauso würde ich es machen, wenn sie meine Mandantin wäre. Wir wollen aber trotzdem dein Büro anrufen.«

Sechs Häuserblocks weiter fand Mason eine Tankstelle mit Telefonzelle.

Drake führte das Telefonat und berichtete: »Genauso war's, Perry. Ihr Anwalt zauberte sie aus dem Gerichtsgebäude. Sie verschwand in einer Telefonzelle, um ihre Jubelgespräche zu führen. Nach den beiden ersten hatte er sie eingeholt und zog sie raus. Er verfrachtete sie in seinen Wagen und fuhr sie persönlich nach Montrose. Da sind sie vermutlich noch.«

»Wer ist ihr Anwalt?« fragte Mason.

»Herbert Knox von Gambit, Knox & Belam.«

»Der alte Herb Knox, wie? Ein geriebener Bursche. Sag mal, hat er sie auch vertreten, als sie ihre Erbschaft machte?«

»Weiß nicht«, sagte Drake. »Ich glaube es aber nicht. Soweit ich mich erinnere, hat sie ziemlich herumgesucht unter den Anwälten.«

»Na, für diesen speziellen Fall hätte sie keinen besseren finden können als Herbert Knox.«

»Schön, und was tun wir jetzt?« erkundigte sich Drake.

Mason überlegte einen Moment. »Rufen wir doch Minerva in Montrose an. Vielleicht erreichen wir etwas.«

»Die Nummer wird nicht eingetragen sein«, meinte Paul Drake.

Mason schüttelte den Kopf. »Die werden zwei oder drei Telefone haben, Paul, und eins davon ist wahrscheinlich eingetragen. Zwar wird sich eine Sekretärin oder ein Manager melden, aber wir können ihr zum mindesten eine Nachricht hinterlassen.«

»Ob das viel Zweck hat?« zweifelte Drake.

»Ich denke doch. Meine Nachricht wird sie nämlich alarmieren.«

Drake hatte das Telefonbuch durchgesehen. »Tatsächlich, hier steht die Nummer. Du hattest recht, es gibt dort auch ein registriertes Telefon.«

Mason wählte und hörte eine wohlklingende Stimme: »Hier bei Minden.«

»Rechtsanwalt Perry Mason. Ich möchte Miss Minden sprechen.«

»Ich fürchte, das wird nicht möglich sein, Mr. Mason. Vielleicht könnte ich ihr aber etwas ausrichten.«

»Sagen Sie ihr, daß ich weiß, wer die Schüsse am Flughafen abgefeuert hat und daß ich mit ihr darüber sprechen will.«

»Ich werde es ihr melden. Und wo kann ich Sie erreichen, Mr. Mason?«

»Ich bleibe am Apparat.«

»Tut mir leid, das ist unmöglich. So schnell kann ich sie nicht sprechen.«

»Warum nicht?« fragte Mason. »Ist sie nicht zu Hause?«

»Ich rufe Sie später in Ihrem Büro an. Vielen Dank«, sagte die Frauenstimme, worauf die Verbindung abbrach.

»Wir könnten gerade noch Glück haben, Paul«, wandte Mason sich an Drake, »und bei ihr in Montrose eintreffen, bevor Herbert Knox abfährt. Wenn ich mit ihr rede, kann ich möglicherweise einiges klären. Vielleicht erhalten wir Informationen, die Dorrie Ambler das Leben retten. Ich will der Polizei nicht alles berichten, was ich weiß, aber mein Gefühl sagt mir ... Komm, Paul, fahren wir hin.«

»Ich bin dabei«, sagte Drake, »möchte aber wetten, daß der alte Herb Knox dich in respektvollem Abstand von seiner Mandantin halten wird.«

»Wette nicht zu hoch. Du könntest verlieren.«

Sie kamen zügig voran, da die Straßen zu dieser Tageszeit nicht überfüllt waren.

Minerva Mindens Wohnsitz in Montrose war ein imposantes Gebäude auf einem Hügel. Mason rollte die schwungvolle Kiesauffahrt hinauf, vorbei an prächtigen Gartenanlagen, und schwenkte in einen Parkplatz ein, auf dem schon ein gut Dutzend Wagen standen.

»Da scheinen allerlei Leute die gleiche Idee gehabt zu haben«, bemerkte Drake.

»Wahrscheinlich ein paar Reporter, der Rest Angestellte«, sagte Mason. »Weißt du zufällig, was für einen Wagen Herbert Knox fährt?«

»Nein.«

Sie stellten das Auto ab und gingen die Stufen zu der breiten Veranda hinauf. Mason läutete.

Ein stämmiger Bursche, der mehr den Eindruck eines Leibwächters als eines Butlers machte, öffnete die Tür und blieb schweigend vor ihnen stehen.

»Ich möchte Minerva Mindens Privatsekretärin oder ihren Geschäftsführer sprechen«, sagte Mason. »Mein Name ist Perry Mason. Ich komme wegen eines dringenden Falles.«

»Warten Sie hier«, antwortete der Mann. Er gab die Nachricht durch ein Wandtelefon weiter, dessen Sprechmuschel so konstruiert war, daß Umstehende unmöglich etwas verstehen konnten. »Wer ist der Herr bei Ihnen?« fragte er dann.

»Paul Drake, ein Privatdetektiv.«

Der Mann wandte sich wieder zum Telefon, hängte kurz darauf ein und sagte: »Kommen Sie bitte weiter.«

Mason und Drake betraten eine Empfangshalle und folgten dem Butler in einen Raum, der offenbar einmal als Bibliothek gedient hatte. Sie war jetzt aber zu einer Art Wartezimmer umgewandelt. Kleine Teppiche, ein Tisch, indirekte Beleuchtung und tiefe Ledersessel vermittelten die Atmosphäre eines eleganten Wohnraums und gleichzeitig eines Büros, in dem man Leute warten ließ.

»Nehmen Sie bitte Platz«, sagte der Butler und verschwand.

Gleich darauf erschien eine hochgewachsene Frau mit scharfblickenden Augen, die Ende Vierzig oder Anfang Fünfzig sein mochte. Sie ging unmittelbar auf Mason zu. »Guten Tag, Mr. Mason«, begrüßte sie ihn, »ich bin Henrietta Hull, Miss Mindens Sekretärin; und dies, vermute ich, ist Mr. Paul Drake, der Detektiv.«

Sie schritt selbstsicher zu einem Sessel, setzte sich und musterte die Männer einen Augenblick abschätzend. »Sie wollten mich sprechen, Mr. Mason?«

»An sich möchte ich Minerva Minden sprechen«, entgegnete Mason.

»Das möchten viele Leute.«

Mason lächelte. »Heißt es Miss Hull oder Mrs. Hull?«

»Ich bin Henrietta Hull«, antwortete sie liebenswürdig. »Aber falls Sie unbedingt einen Anhaltspunkt brauchen – es ist Mrs.«

»Wäre es möglich, Miss Minden zu sprechen?«

»Es ist völlig ausgeschlossen, Mr. Mason. Ich darf sogar ein wenig weitergehen: Als Miss Mindens Rechtsanwalt von Ihrem beabsichtigten Interview erfuhr, gab er ihr spezielle Anweisungen, daß sie unter keinen Umständen mit Ihnen zu sprechen hätte.«

»Ich werde mit dem Kollegen reden«, wandte Mason ein.

Henrietta Hull schüttelte den Kopf. »Das hätte keinen Sinn, Mr. Mason. Mr. Knox ist nicht Miss Mindens regulärer Anwalt.«

»Wer ist es denn?«

»Es gibt keinen«, sagte Henrietta Hull. »Miss Minden beauftragt ihre Anwälte je nach dem Fall. Sie versucht auf dem jeweiligen Gebiet den besten zu finden. Für eine Sache dieser Art galt Herbert Knox als Experte.«

»Darf ich fragen, warum?«

Henriettas Augen wurden etwas sanfter. »Fragen Sie, weil Sie sich beruflich gekränkt fühlen?«

»Keineswegs«, antwortete Mason, »ich war nur ein wenig verwundert. Sie schienen so sicher zu sein. Es klang so, als führten Sie eine Liste über Anwälte.«

»Das tun wir allerdings, Mr. Mason. Und es wird Sie vielleicht interessieren, daß Sie an der Spitze unserer Liste für Anwälte in Mordfällen oder sonstigen Verbrechen stehen. Im vorliegenden Fall nun fiel die Wahl auf Mr. Knox infolge diverser Vorzüge; nicht der geringste darunter ist die Tatsache, daß er ein häufiger Golfpartner des Richters ist, vor dem die Sache verhandelt wurde.«

»Und wie konnten Sie wissen, daß der Fall gerade diesem Richter zugewiesen wurde?«

Henrietta Hull lächelte nur. »Nun, Mr. Mason, wie dem auch sei – Sie hatten ein Anliegen, das Sie Miss Minden vortragen wollten?«

»Also gut«, sagte Mason, »ich lege meine Karten auf den Tisch. Miss Minden beschäftigt ein Double.«

»Wirklich?« fragte Henrietta Hull, wobei sich ihre Augenbrauen hoben. »Wollen Sie das mit Bestimmtheit behaupten, Mr. Mason?«

»Das will ich.«

»Nun gut. Und was wollen Sie damit sagen?«

»Die Störung am Flughafen«, erklärte Mason, »wurde bewußt in Szene gesetzt, um die Tatsache ans Licht zu bringen, daß Miss Minden eine Doppelgängerin hatte. Miss Minden aber reagierte rasch und scharfsinnig. Sie kam zu dem Schluß, daß es besser für sie sei, die Verantwortung für die Schüsse auf sich zu nehmen, als die Tatsache preiszugeben, daß sie sich eine Doppelgängerin gemietet hatte.«

»Sie stellen da eine recht erstaunliche Behauptung auf, Mr. Mason. Ich nehme an, Sie können sich dabei auf Beweise stützen?«

»Ich behaupte etwas«, erwiderte Mason, »und möchte Sie bitten, es Miss Minden zu übermitteln. Ebenso wollen Sie ihr bitte sagen, daß ich ein skrupelloser Gegner sein kann. Ich kenne ihr Spiel noch nicht in allen Einzelheiten, vermute aber stark, daß jenes Inserat zur Auswahl des Doubles — besser gesagt: zum Ködern des Doubles — als raffinierte Falle geplant war. Ich weiß nicht, ob Minerva Minden bekannt ist, daß ihre Doppelgängerin einer gefährlichen Situation ausgesetzt werden sollte. Nach Lage der Dinge aber schwebt diese junge Frau jetzt in höchster Gefahr. Ich bin aufgefordert worden, der Polizei meine Informationen mitzuteilen. Ich möchte aber keinen Bericht geben, durch den ein Haufen Zeitungsklatsch über Miss Minden entstehen könnte.«

Henrietta Hull lächelte. »Zeitungsklatsch ist Miss Minden nichts Fremdes.«

»Sie meinen, sie findet Vergnügen daran?« fragte Mason scharf.

»Ich meine, daß er ihr nicht fremd ist.«

»Nun gut«, sagte Mason, »ich habe Ihnen meinen Standpunkt wohl genügend erklärt, um Sie zu überzeugen, daß meine unmittelbare Unterredung mit Miss Minden dringend erforderlich ist.«

»Eine sofortige Unterredung kommt nicht in Frage«, beharrte Henrietta Hull. »Wie ich Ihnen aber schon am Telefon sagte, Mr. Mason, will ich ihr die Nachricht gern mitteilen und Sie später in Ihrem Büro anrufen.«

»Wann?«

»Sobald entsprechende Vereinbarungen getroffen sind oder — besser gesagt — entsprechende Vorkehrungen.«

»Wie Sie wollen«, erwiderte Mason. »Ich möchte Sie nur darauf hinweisen, daß ein Verkehrsunfall etwas anderes ist als Platzpatronenschießen. Freiheitsberaubung ist ein Verbrechen, das mit schweren Strafen bedroht ist. Und auf Mord steht die Todesstrafe.«

»Vielen Dank für den Hinweis, Mr. Mason«, sagte Henrietta Hull. »Als Geschäftsfrau bin ich mit gewissen Paragraphen vertraut.«

Sie stand unvermittelt auf und gab damit zu verstehen, daß die Unterredung beendet war. Mit einem langen, abschätzenden Blick reichte sie Mason die Hand und wandte sich dann Paul Drake zu. »Es hat mich sehr gefreut, Sie kennenzulernen, Mr. Drake. Ich darf auch Ihnen sagen, daß Ihre Detektei an der Spitze unserer Liste von hochseriösen Unternehmen steht.«

Drake grinste. »Haben Sie auch eine Liste unseriöser Detekteien?«

»Unsere Listen sind sehr vollständig«, antwortete sie rätselhaft. »Und vergessen Sie nicht, Mr. Mason, daß Ihr Name als Anwalt in schweren Straffällen bei uns absolut an erster Stelle steht.«

»Wie zum Beispiel Mord?« fragte Mason.

»Wie zum Beispiel Mord«, wiederholte Henrietta Hull und fügte nach einem Moment hinzu: »Oder Freiheitsberaubung oder Entführung.«

7

Perry Mason öffnete die Tür seines Privatbüros, trat ein und stand Della Street gegenüber.

»Warum Sekretärinnen ergrauen...«, empfing sie ihn. »Ist Ihnen klar, Mr. Perry Mason, daß ich zwei vereinbarte Termine für Sie verzögern mußte? Und wäre nicht die Mittagspause dazwischengekommen, hätte ich noch weitere Leute hinhalten müssen. Ich habe ihnen erzählt, Sie müßten in einem Lunchklub eine Ansprache halten.«

»Sie machen ausgezeichnete Fortschritte in spontaner Prävarikation«, lobte Mason.

Della lachte. »Frei übersetzt heißt das, ich bin eine reizende, talentierte Stegreiflügnerin... Sie sehen, Mr. Perry Mason, was Sie aus meiner Moral gemacht haben.«

»Na ja, steter Tropfen höhlt den Stein. Sitzen die Leute im Vorzimmer?«

»Ja.«

»Was gibt es sonst noch?«

»Sie sind offenbar bekannt mit einer sehr selbstsicheren und würdevollen jungen Frau namens Henrietta Hull, die Minerva Mindens Sekretärin ist?«

»Jung ist sie nicht«, sagte Mason, »aber Würde hat sie. Und ihre Sicherheit ist gut gespielt. Was ist denn mit ihr?«

»Sie rief an und sagte, sie hätte Ihnen etwas auszurichten. Es täte ihr leid, daß es keine Möglichkeit für Sie gab, Miss Minden zu sprechen; es würde Sie aber vielleicht interessieren, daß Dorrie Ambler durch eine von Miss Minden beschäftigte Detektei beschattet wurde, und zwar seit Dorrie Amblers Versuch, Miss Minden zu einer Vermögensregelung zu erpressen.«

»Sonst noch was?« fragte Mason.

»Das war wohl alles. Henrietta Hull meinte, hierüber sollte man Sie vielleicht orientieren.«

»Das wäre ja allerhand.«

»Und Jerry Nelson«, fuhr Della fort, »Drakes Mitarbeiter, hat Sie verpaßt. Er sagte, Drake wäre nicht im Büro, deshalb käme er zu mir und wollte berichten, daß Dorrie Ambler und Minerva Minden sich äußerlich zwar leicht voneinander unterscheiden, aber im allgemeinen wäre die Ähnlichkeit verblüffend. Er meinte, ein Augenzeuge könnte die beiden ohne weiteres verwechseln.«

»Es gibt aber einen wahrnehmbaren Unterschied?«

»O ja. Er glaubt, er *könnte* sie auseinanderhalten.«

»Wodurch? Worin besteht denn der Unterschied?«

»Er kann ihn nicht exakt beschreiben. Vielleicht in der Haarfarbe, sagt er, oder mit irgend etwas im Teint. Aber es bestünde eine Ähnlichkeit, die – na, er konnte sie nur immer wieder als verblüffend bezeichnen.«

Masons nichtregistriertes Telefon läutete.

»Das ist Paul«, rief er und nahm den Hörer ab.

Paul Drake meldete: »Ich muß dir leider schlechte Nachrichten bringen, Perry.«

»Was?«

»Wir wurden auf dem Weg zu Minerva Minden beschattet.«

»Woher weißt du das?«

»Ich stellte es fest, als ich parkte.«

»Woran?«

»Sie haben eine Kapsel, die man am Auspuff befestigt und aus der in regelmäßigen Abständen eine Leuchtflüssigkeit tropft. Mit einer Spezialbrille, deren Gläser so gefärbt sind, daß diese Tropfen sichtbar werden, können sie einem Wagen folgen, selbst wenn sie zehn bis fünfzehn Minuten hinter ihm kommen.«

»Und du weißt bestimmt, daß dein Wagen mit diesem Ding bestückt war?«

»Ja.«

»Du weißt aber nicht, ob man uns folgte.«

»Ich weiß es natürlich nicht positiv«, sagte Drake, »aber wie ich Tragg kenne, hat er die vom Steuerzahler bewilligte Ausrüstung nicht zu Übungszwecken verschwendet.«

»Schönen Dank dann, Paul. Mein Büro sitzt voller zorniger Mandanten, ich muß mich ein wenig um die Routinearbeit kümmern. Aber mach du dich bitte an die Arbeit und sieh zu, was du aufspüren kannst.«

»Wir sind schon dabei«, sagte Drake. »Ich habe meine Fühler in alle Richtungen ausgestreckt.«

»Hast du was über die Entführung gehört, Paul?«

»Nein. Die Polizei macht es furchtbar spannend. Den Umständen nach kann man sich ja vorstellen, daß sie uns nicht ins Vertrauen ziehen wollen. Wahrscheinlich ist es auch zweckmäßig, den Zeitungen nicht zuviel zu erzählen. Jedenfalls hüllt man sich eisern in Schweigen.«

»In Ordnung«, sagte Mason. »Tu, was du kannst, Paul, und versuch vor allem etwas über Dorrie Amblers Verhältnisse herauszubekommen.«

»Meinst du nicht, du solltest der Polizei sagen, was du weißt?«

»Darüber bin ich mir noch nicht klar. Wahrscheinlich werde ich es tun, will es mir aber noch eine Weile durch den Kopf gehen lassen. Jetzt muß ich ein paar dringende Besprechungen erledigen, und dann melde ich mich wieder.«

»Okay«, sagte Drake, »ich bleibe am Ball.«

Mason wandte sich an Della Street: »Ich glaube, heute schließe ich mich mal Paul Drakes Diät an, Della. Holen Sie mir bitte ein paar Sandwiches aus dem Restaurant um die Ecke, und setzen Sie etwas Kaffeewasser auf. Ich will mit diesen Mandanten anfangen, die draußen warten.«

»Wollen Sie nicht lieber hinterher richtig essen?« erkundigte sich Della Street.

»Offen gesagt, wär's mir lieber«, sagte Mason. »Aber einige Mandanten werden allmählich verärgert sein und sich sagen, sie kriegen kalte Füße in meinem Vorzimmer, während ich mich beim Lunch amüsiert habe. Psychologisch wirkt da der Anblick eines Hackbrötchens in der linken und eines Gesetzbuches in der rechten Hand kolossal besänftigend.«

»Mit andern Worten, diese Hackbrötchen sind Staffage.«

»Staffage mit Gebrauchszweck«, räumte Mason ein. »Schikken Sie bitte den ersten Mandanten herein, Della, und gehen Sie zum Brötchenholen, sobald er erscheint.«

Della Street huschte hinaus ins Vorzimmer. Einen Augenblick später betrat Masons erster Mandant steifbeinig das Büro.

»Entschuldigen Sie, daß ich Sie warten lassen mußte«, begrüßte Mason ihn. »Ich hatte in einem äußerst dringenden Fall auswärts zu tun. Deshalb darf ich wohl mit Ihrer Nachsicht rechnen, wenn ich während unseres Gesprächs zu einem Sandwich greife. Ich komme um vor Hunger. Della, geben Sie mir die Akte mit dem Schriftsatz in dieser Sache, und holen Sie mir netterweise ein paar Hackbrötchen.«

»Sofort«, versprach Della, als sie ihm den Schnellhefter reichte.

Das Aufschlagen seiner Akte milderte sichtlich die Ungeduld des Mandanten. Mason beschleunigte diese Unterredung und vier weitere, während er an seinen Sandwiches kaute und Kaffee trank.

Er sprach mit seinem letzten Mandanten, als das Telefon dreimal kurz schellte und ankündigte, daß die Telefonistin einen wichtigen Anruf für ihn hatte.

Della Street meldete sich: »Ja, Gertie?«, und wandte sich gleich darauf zu Mason. »Leutnant Tragg«, sagte sie.

»Im Büro?«

»Nein, am Telefon.«

Mason nahm seinen Hörer ab. »Ja, Leutnant? Hier Mason.«

»Ich habe Ihnen heute schon einige Chancen gegeben, Mason«, sagte Tragg, »und ich will Ihnen noch weitere einräumen.«

»So, so«, erwiderte Mason kühl. »Ich hoffe, das Zeug, das Sie an den Auspuff meines Wagens montiert haben, wird die Leistungsfähigkeit nicht beeinträchtigen.«

»Oh, keineswegs, keineswegs«, beruhigte Tragg ihn.

»Ich nehme an, Sie sind mir gefolgt?«

»Aber gewiß«, gab Leutnant Tragg gelassen zu. »Nachdem wir Sie sozusagen in der hohlen Hand hatten, konnten Sie wohl kaum erwarten, daß wir Sie durch die Finger schlüpfen ließen. Wir sind völlig im Bilde über Ihren Ausflug zu Miss Minden nach Montrose.«

»Vermutlich wollen Sie mir weitere Gefälligkeiten erweisen«, sagte Mason, »wobei sich wieder herausstellen wird, daß sie nichts weiter als Köder sind.«

»Oh, so reizende Köder. Einer, dem Sie bestimmt nicht widerstehen können, Perry.«

»Was denn?«

»Ich glaube, Sie könnten gar nicht schnell genug herkommen. Deshalb habe ich Ihnen einen Beamten geschickt. Er müßte in wenigen Sekunden eintreffen. Wenn Sie und Della Street herkommen möchten – gehen Sie direkt in mein Büro, falls ich noch nicht dasein sollte. Ich werde Sie nicht lange warten lassen. Wirklich, ich will Ihnen einen Gefallen tun.«

»Köder?« fragte Mason mißtrauisch.

»Bildhübscher Köder«, sagte Tragg und legte auf.

Prompt ertönte das Telefon wieder in kurzen, scharfen Läutzeichen. Della Street fragte: »Ja, Gertie?« Dann berichtete sie Mason: »Ein Beamter in Uniform ist im Vorzimmer. Er hat einen Polizeiwagen unten stehen; der Motor läuft. Laut Anweisung soll er uns beide so schnell wie möglich zum Polizeipräsidium fahren.«

Masons Mandant sprang auf. »Nun, ich glaube, wir haben die meisten Punkte durchgesprochen, Herr Rechtsanwalt. Ich werde mich wieder melden.«

»Entschuldigen Sie mich bitte«, sagte Mason. Er schob seinen Stuhl zurück, faßte Della Streets Ellbogen und drängte: »Kommen Sie, Della, wir müssen gehen.«

»Halten Sie es denn für so dringend?«

»In diesem Stadium bin ich froh über jede neue Entwicklung, sei sie pro oder contra ... Und denken Sie daran, Della, keine Gespräche im Streifenwagen. Diese Beamten haben manchmal scharfe Ohren.«

Della Street nickte stumm.

Sie gingen rasch ins Vorzimmer, wo der Polizeibeamte wartete. »Ich habe den Auftrag«, meldete er, »Sie so schnell wie möglich zum Präsidium zu bringen.«

»Na schön«, sagte Mason, »fahren wir.«

Sie eilten zum Lift. Der Polizist führte sie zu einem Polizeiwagen, an dessen Steuer ein zweiter Beamter saß. Der Motor lief.

Perry Mason öffnete die hintere Tür, half Della Street in den Fond und setzte sich neben sie. Der Fahrer fuhr ruckartig an und befand sich im nächsten Augenblick mitten im Verkehr.

»Allmächtiger!« flüsterte Della Street, als sie die erste Kreuzung durchfuhren.

»Die sind das gewohnt«, beruhigte Mason sie. »Sie fahren immer im dicken Verkehr, und sie haben's immer eilig.«

»Das kann man wohl behaupten.«

Der Wagen schlängelte sich durch den Verkehr, drängte sich bei den Ampeln nach vorn. Zweimal nahm der Fahrer das Rotlicht zu Hilfe, einmal tippte er leicht auf den Sirenenknopf. Darüber hinaus machte er keinen Gebrauch von seinen dienstlichen Vorrechten, sondern ersetzte sie durch Geschicklichkeit und verwegene Fahrweise.

Es hätte Masons Ermahnung an Della Street bezüglich Unterhaltung im Wagen nicht bedurft; alle Insassen waren viel zu beschäftigt, um sich mit Geschwätz zu befassen. Als der Wagen zum reservierten Parkplatz vor dem Polizeipräsidium einschwenkte, sagte der Fahrer: »Nehmen Sie den Lift zum dritten Stock, in Leutnant Traggs Büro.«

»Ich weiß Bescheid«, antwortete Mason.

Der Fahrstuhlführer erwartete sie bereits. Die Tür wurde hinter ihnen zugeschlagen. Ohne Zwischenhalt ging es direkt zum dritten Stock.

Mason tauschte einen vielsagenden Blick mit Della Street.

Sie stiegen aus, überquerten den Korridor und öffneten die Tür zu Traggs Büro.

Am Schreibtisch saß ein Beamter in Uniform und wies mit dem Daumen zum inneren Büro. »Gehen Sie gleich rein.«

»Tragg da?« fragte Mason kurz.

»Er hat gesagt, Sie sollen gleich reingehen.«

Mason hielt Della Street die Tür auf, folgte ihr und stand wie angewurzelt.

»Du lieber Himmel, Miss Ambler«, rief er, »Sie haben mir wahrhaftig Sorgen gemacht. Sagen Sie mal, was ist ...«

Della Street zupfte Mason am Mantel.

Die junge Frau, die vor Leutnant Traggs Schreibtisch saß, ließ einen kühlen, abschätzenden Blick über den Anwalt wandern. »Mr. Mason, nehme ich an«, sagte sie mit tiefer kehliger Stimme. »Und die junge Dame ist wohl Ihre Sekretärin, über die ich schon so viel gehört habe?«

Mason verbeugte sich.

»Ich bin Minerva Minden. Sie haben vergeblich versucht, mich zu sprechen. Ich wußte nicht, daß Sie so viel Einfluß auf die Polizei besitzen, um eine Unterredung auf diese Art zustande zu bringen.«

»Ich wußte es selbst nicht.«

»Immerhin, der Erfolg bestätigt es.«

»Ich hatte tatsächlich keine Ahnung, Miss Minden, daß ich Sie hier vorfinden würde«, entgegnete Mason. »Leutnant Tragg rief mich an und bat mich eilig in sein Büro. Er hat wohl die Absicht, uns gemeinsam zu vernehmen.«

»Das glaube ich auch«, sagte sie mit derselben tiefen, rauhen Stimme.

Mason wandte sich Della Street zu. »Ist dies die Frau, die bei uns im Büro war, Della?« fragte er.

Della Street schüttelte den Kopf. »Es bestehen gewisse Unterschiede, die nur einer Frau auffallen«, meinte sie. »Sie ist nicht dieselbe.«

»Na gut«, wandte Mason sich wieder an Minerva Minden, »aber die Ähnlichkeit ist verblüffend.«

»Mir ist diese Ähnlichkeit durchaus bekannt«, sagte sie. »Falls es Sie interessiert, Mr. Mason, sie wurde zu einem Erpressungsversuch gegen mich benutzt.«

»Was wollen Sie damit sagen?«

»Ich will sagen, daß Dorrie Ambler der Ansicht ist, mit dem Verwandten, von dem ich ein großes Vermögen erbte, ebenfalls verwandt zu sein. Sie hat mich ständig bedrängt, damit ich sie mit einer beträchtlichen Geldsumme abfinde. Als ich ihr sagte, ich dächte gar nicht daran, drohte sie mir, mich irgendwie in die Verteidigung zu drängen; dann würde ich nur allzugern bluten – wie sie sich ausdrückte.«

»Sie haben mit ihr gesprochen?« fragte Mason.

»Ich kenne sie nicht persönlich, habe aber mit ihr telefoniert, und ich ließ – nun, offen gesagt, ich ließ sie durch Detektive überwachen.«

»Wie lange?«

»Diese Frage möchte ich nicht beantworten, Mr. Mason.«

»Na schön. Ich habe die Geschichte allerdings anders gehört«, sagte Mason.

»Davon bin ich überzeugt. Bestimmt hat Dorrie Ambler, die offenbar eine bemerkenswert intelligente und raffinierte junge Frau ist und von einem tüchtigen Manager beraten wird, sich einen überzeugenden Hintergrund geschaffen, um ihre Ansprüche geltend zu machen. Der Dreh, mit dem sie vorging, als sie mir in den genau kopierten Kleidern zum Flughafen folgte, abwartete, bis ich im Waschraum war, dann einen Revolver mit Platzpatronen abschoß, zum Waschraum stürzte und sich im Duschabteil einschloß – ich darf wohl sagen, Mr. Mason, das war ein höchst raffiniertes Stück Arbeit. Hätte ich da nicht den Kopf behalten – es hätte trübe für mich ausgesehen.«

»Inwiefern?« fragte Mason.

»Nun, in meiner Kabine hinter der geschlossenen Tür war ich natürlich nicht genau im Bilde, was sich abgespielt hatte. Als ich dann hinausging und von Umstehenden prompt mit der Frau identifiziert wurde, die den Spektakel verursacht hatte, schaltete ich blitzschnell. Denn mir wurde klar, was da passiert sein mußte.«

»Und dann?« fragte Mason.

»Dann nahm ich es auf meine Kappe. Ich bestand keineswegs darauf, die Sache sei ein Irrtum und der Waschraum müsse von einer Kriminalbeamtin durchsucht werden. Statt Dorrie Ambler behaupten zu lassen, *ich* hätte die Schüsse abgefeuert – und damit der Presse ein Festessen zu bereiten –, statt Dorrie die Chance zu geben, öffentlich zu behaupten, unsere so auffallende Ähnlichkeit sei auf gemeinsame Vorfahren zurückzuführen, nahm ich lieber alles auf mich und ließ mich abführen. Ich wurde festgenommen wegen Ruhestörung und Waffenmißbrauchs.«

»Sie können von Glück sagen, daß nicht noch weitere Anschuldigungen gegen Sie erhoben wurden«, bemerkte Mason.

»Ja, insofern war Dorrie rücksichtsvoll. Ich hatte die Zeugen zunächst mißverstanden. Oder vielmehr glaube ich, sie hätten Dorrie mißverstanden. Sie sagte offenbar: ›Dies ist *kein* Überfall.‹ Als die Zeugen mich aber identifizierten, behaupteten zwei von ihnen, ich hätte einen Revolver geschwungen und gerufen: ›Dies ist ein Überfall!‹ Das habe ich erst heute morgen bei meiner Gerichtsverhandlung bestritten. Bis dahin hatte mein Anwalt Zeugen aufgetrieben, die hörten, was wirklich gesagt wurde, und sich genau erinnerten. Ich glaube, das war ein wichtiges Detail zu meinen Gunsten.«

»Ich will Sie ganz offen und ehrlich fragen«, sagte Mason. »Haben Sie eine Anzeige in die Zeitung gesetzt, mit der Sie eine junge Frau suchten, die . . .«

»Ach, Unsinn, Mr. Mason«, unterbrach sie, »lassen Sie sich doch nicht auf den Arm nehmen. Dorrie Ambler selbst hat diese Anzeige in die Zeitung gesetzt. Dann ging sie los und suchte eine Detektei, um die Sache zu tarnen. Von einer nichtöffentlichen Telefonnummer aus gab sie den Leuten Anweisungen. Sie drehte alles so, daß natürlich *sie* den Job bekam. Das Ganze war ein cleveres Täuschungsmanöver.«

»Dann wird diese Detektei jetzt alles auffliegen lassen, indem sie Dorrie Ambler als Drahtzieherin preisgibt?« fragte Mason.

»Dazu ist die Detektei nicht in der Lage. Ich habe bereits völlig erfolglos versucht, die Sache aufzudecken«, sagte Minerva Minden. »Die Leute wissen nur, daß sie gegen Barzahlung beauftragt wurden, Bewerberinnen zu testen; daß sie Fotos erhielten mit der Anweisung, irgendeine Frau, die wirklich frappante Ähnlichkeit mit diesen Fotos zeigte, auf Probe zu engagieren.«

»Und die Fotos waren von Ihnen?« fragte Mason.

»Sie waren *nicht* von mir«, entgegnete Minerva Minden, »obwohl sie es hätten sein können. Da hat Dorrie Ambler nämlich einen fatalen Fehler gemacht: Sie konnte keine Fotos von mir auftreiben, so daß sie ihre eigenen benutzen mußte. Ich hatte zwar gerade neue Bilder machen lassen, aber sie wollte Porträtaufnahmen, en face und Profil, und sie brauchte sie schleunigst. Es wäre aufgefallen, wenn eine Frau, die mir so ähnlich sah, sich um Fotos von mir bemüht oder jemand anderen damit beauftragt hätte. Sehr viel einfacher war es, zum Fotografen zu gehen und die gewünschten Aufnahmen von sich selbst machen zu lassen.«

»All das muß einiges Geld gekostet haben«, sagte Mason.

»Natürlich hat es das. Ich weiß nicht, wer sie finanziert, es kommt mir aber so vor, als ob ein ganz krummer und höchst raffinierter Geschäftsmann aus Las Vegas dahintersteckt. Überdies glaube ich nicht, daß Dorrie Ambler die Sache von sich aus eingefädelt hat. Wahrscheinlich hat dieser Drahtzieher herumgeschnüffelt und sie in Nevada entdeckt. Dann ließ er sie herkommen und hier ansässig werden. Statt aber mit dem Anspruch auf mein ererbtes Geld offen herauszukommen und sich damit in eine Lage zu begeben, wo *sie* den Nachweis hätte führen müssen, ließen sie sich etwas Schlaueres einfallen. Sie dachten sich eine ganze Serie von Situationen aus, um mich in die Verteidigung zu drängen und den Zeitungen Gelegenheit zu geben, unsere verblüffende Ähnlichkeit hochzuspielen. Das wäre für ihre Sache gegen mich der richtige Startschuß gewesen.«

»Die Verkehrssache mit der Fahrerflucht?« fragte Mason.

»Darüber will ich nichts sagen«, antwortete Minerva. »Das kann ein Unfall gewesen sein. Aber sie *hat* dabei mit Gangstern unter einer Decke gesteckt. Das wissen Sie, denn der Wagen war gestohlen.«

»Dorrie Ambler vermutet«, sagte Mason kühl, »daß vielleicht *Sie* es waren, die den Mann angefahren hat, und daß Sie Dorrie als Deckung benutzten.«

Minerva Minden lachte. »Na, wenn das keine einleuchtende Story ist! Sie wollen mir doch nicht erzählen, daß Sie darauf reingefallen sind, Mr. Mason? Der springende Punkt ist doch, daß der Unfall mit einem gestohlenen Wagen passierte. Mein Ruf ist zwar nicht völlig makellos, Mr. Mason, und meine Verkehrsakte ist recht gut mit Vorladungen versehen. Ich würde mich ungern zu einem weiteren Unfall bekennen. Sie werden mir jedoch zustimmen, daß die Idee, ich hätte einen gestohlenen Wagen gefahren, doch ein wenig weit hergeholt ist.«

»Und der Mann«, fuhr Minerva Minden fort, »der tödlich verwundet in Dorrie Amblers Apartment gefunden wurde, war der Detektiv, der ihr geholfen hatte, den Schwindel erfolgreich aufzuziehen; ein Mitglied der Firma Billings & Compton. Der Tote ist Marvin Billings selbst. Er kann jetzt nicht mehr gegen sie aussagen. Ich will keine Anspielungen machen, aber Sie werden zugeben, daß ihr sein Ableben recht gelegen kam. Ich bin durchaus keine Säulenheilige und habe schon in diversen Klemmen gesessen. Offen gesagt rechne ich auch mit weiterem Ungemach, bevor ich mich aus dem tätigen Leben zurückziehe. Ich brauche das Abenteuer. Mir liegt das Zwanglose, Ungebundene, im wörtlichen Sinn, in all seinen Formen, aber ich stehle nicht, und ich morde nicht. Und ich habe es nicht nötig, gestohlene Autos zu benutzen.«

»Haben Sie Ihren Blinddarm noch, Miss Minden?« erkundigte sich Mason.

»Den Blinddarm? Ja, wieso?«

»Es ist zwar sehr ungewöhnlich, erweist sich aber als notwendig: Würden Sie mir bitte den Rücken zuwenden und Miss Street prüfen lassen, ob sich eine Narbe bei Ihnen findet?«

Das Mädchen lachte. »Warum so verschämt? Du lieber Himmel, so viel würden Sie auch im Bikini von mir sehen. Wenn Sie's für wichtig halten, bitte sehr.«

Sie stand auf, wandte sich beiden zu, zog ihre Bluse hoch, lockerte den Rock und ließ ihn herabgleiten. Dann spannte sie die Haut straff über der Stelle, wo die Narbe gelegen hätte.

»Zufrieden?« fragte sie. »Fühlen Sie selbst, wenn Sie wollen.«

Bevor Mason antworten konnte, flog die Tür auf, und Leutnant Tragg eilte herein.

»Nanu, nanu«, sagte er, »was stellt denn das vor – Striptease?«

»Mr. Mason wollte feststellen, ob ich am Blinddarm operiert bin«, erklärte Minerva Minden ihm.

»So, so. Da wir jetzt alle versammelt sind, bitte ich zunächst um Entschuldigung, daß ich Sie warten ließ. Ich möchte Ihnen einige Fragen stellen.«

»Was für Fragen haben Sie denn?« wollte Minerva Minden wissen, während sie sich wieder anzog.

»In Ihrem Fall, Miss Minden, wollte ich mich, ganz offen gesagt, nach einer Mordsache erkundigen, bei der Sie möglicherweise die Hauptverdächtige sind. Ich glaube Sie darauf hinweisen zu müssen.«

»Wenn Sie mich wegen eines Mordes verhören wollen«, erwiderte sie, »und wenn ich irgendwie als Verdachtsperson in Frage komme, muß ich Sie bitten, meinen Anwalt zu befragen und sich die Tatsachen von ihm zu beschaffen.«

»Und wer ist Ihr Anwalt?« fragte Tragg.

Minerva Minden wandte sich mit einem zögernden Lächeln

zu Mason um. »Mein Anwalt«, verkündete sie, »ist Mr. Perry Mason. Ich glaube, meine Sekretärin, Henrietta Hull, hat Ihnen bereits gesagt, Mr. Mason, daß Sie auf meiner Liste für solche Fälle an der Spitze stehen.«

Tragg blickte Mason an. »Sie vertreten sie, Mason?«

»Keineswegs«, protestierte Mason heftig. »Ich vertrete Dorrie Ambler, und da besteht ein ganz klarer Interessenkonflikt. Ich könnte Minerva Minden gar nicht vertreten, selbst wenn ich es wollte.«

»Aber das ist nicht sehr ritterlich, Mr. Mason«, gab Minerva Minden zurück, »und abgesehen davon auch wenig geschäftstüchtig. Sie können Miss Ambler durchaus im Zusammenhang mit ihren Erbansprüchen vertreten. Ich bin aber völlig überzeugt, daß Leutnant Tragg Ihnen versichern wird, falls man mich mit einer Mordanklage unter Druck setzen will ...«

»Das habe ich nicht behauptet«, verwahrte Tragg sich, »sondern, daß ich Sie in Verbindung mit einem Mordfall vernehmen will und daß Sie *vielleicht* als Verdachtsperson in Frage kommen.«

»Für wessen Ermordung?«

»Für die Ermordung Marvin Billings. Sein Partner behauptet, Billings habe für Sie gearbeitet, als er umgebracht wurde; er habe in Ihrem Auftrag Miss Dorrie Ambler sprechen wollen.«

»Und ich habe ihn ermordet – damit er seine Anweisungen nicht befolgen konnte?«

»Das weiß ich nicht«, erwiderte Tragg. »Ich wollte Sie nur vernehmen.«

»Da werden Sie mit meinem Anwalt reden müssen«, sagte Minerva Minden. »Ich sage nichts aus, bevor ich mit ihm gesprochen habe.«

»Kennen Sie Marvin Billings«, fragte Tragg, »den Mann, der in Miss Amblers Wohnung sterbend am Boden gefunden wurde?«

»Ich kenne weder das Apartment«, antwortete sie in bestimmtem Ton, »noch Marvin Billings.«

»Die Vermieterin erkannte Sie aber auf einem Foto als die Frau, die unter dem Namen Dorrie Ambler in dem Apartment wohnte, und sie suchte Sie aus einer ganzen Gruppe heraus.«

»Nun, bevor die Frau mich als Dorrie Ambler bezeichnet«, bemerkte Minerva Minden gelassen, »sollten Sie lieber Dorrie Ambler in die Gruppe stellen und dann sehen, wen sie identifiziert.«

»Gewiß, gewiß«, räumte Leutnant Tragg ein, »wir ermitteln ja nur, nichts weiter. Wir versuchen zunächst einmal klarzusehen.«

»Wenn Sie mich fragen«, fuhr Minerva fort, »so ist dieses Mädchen durch und durch unecht, eine Hochstaplerin, eine Abenteurerin, die ihre Vorbereitungen trifft, um Ansprüche auf das Erbe meines Onkels geltend zu machen. Wenn bei ihr alles stimmte, wäre sie mit ihrem Anspruch herausgerückt. Sie wäre zum Nachlaßgericht gegangen und hätte sich als Verwandte von Harper Minden ausgewiesen, womit ihr ein Teil vom Erbe zustünde.«

»Offenbar wußte sie gar nichts von ihrem Anspruch«, gab Tragg zu bedenken.

»So sehen Sie aus! Sie hat ja bereits versucht, mich durch Erpressung zum Zahlen zu bewegen. Damit hat die ganze Sache angefangen. Und dann war sie mal blau, überfuhr einen Fußgänger und entschloß sich, zwei Fliegen mit einer Klappe zu schlagen, indem sie in der Öffentlichkeit einen Riesenwirbel um mich veranstaltete. Aber ich will jetzt nicht mehr länger hier herumsitzen und mit Ihnen streiten. Wenn Sie künftig etwas von mir wollen, können Sie mich mit einem Haftbefehl abholen. Wird diese Unterredung eigentlich vertraulich behandelt?«

»Ich fürchte«, sagte Leutnant Tragg, »in Angelegenheiten, die unter die polizeiliche Ermittlungspflicht fallen, sind wir nicht in der Lage, der Öffentlichkeit Tatsachen vorzuenthalten.«

»Und ich nehme an«, entgegnete Mason ihm, »Sie wollten von Miss Street und mir eine spontane Identifizierung. Zu diesem Zweck haben Sie alles sorgfältig vorbereitet, damit wir hier auf Miss Minden stießen und Sie unsere Äußerungen hören konnten.«

»Zu der Zeit war er aber nicht im Zimmer«, gab Minerva Minden zu bedenken.

Mason lächelte. »Ich fürchte, Sie unterschätzen die polizeiliche Intelligenz, Miss Minden. Es ist wohl anzunehmen, daß der Raum abgehört wird.«

»Natürlich wird er abgehört«, gab Tragg zu, »da haben Sie völlig recht. Ich wollte Ihre Reaktion beim Eintreten hören. Nun ja, es scheint wirklich eine sehr große Ähnlichkeit zwischen Dorrie Ambler und Minerva Minden zu bestehen.«

»Ich lege wenig Wert darauf, meinem Kommentar noch etwas hinzuzufügen«, sagte Mason. »Es paßt mir aber nicht, hier hergeschleppt zu werden, um für Sie eine Identifizierung vorzunehmen.«

»Oh, Sie wurden nicht hergeschleppt. Sie kamen aus freien Stücken, und Sie erhielten etwas, auf das Sie großen Wert legten — die Gelegenheit, mit Minerva Minden zu sprechen.«

»Anders ausgedrückt«, sagte Mason, »Sie spickten die Falle mit einem Köder, auf den ich anbeißen würde.«

»Aber gewiß doch«, strahlte Tragg. »Wir werden ja keine Mausefalle mit Katzenfutter spicken — ebensowenig wie eine Katzenfalle mit Körnern.«

»Es kommt mir aber vor, als ob *ich* hier die Eingeseifte wäre«, sagte Minerva Minden. »Die Polizei scheint ihre Macht mißbraucht zu haben. Ich wünschte wirklich, Sie würden sich zu meiner Vertretung bereit erklären, Mr. Mason. Nicht im Zusammenhang mit dem Nachlaß, nur in dieser Sache.«

Mason schüttelte den Kopf. »Die Interessen würden sich widersprechen.«

»Wollen Sie Dorrie Ambler bei einem Anspruch auf den Nachlaß vertreten?«

»Das weiß ich noch nicht. Darüber habe ich nicht mit ihr gesprochen.«

»Natürlich kann ich mir jetzt allmählich meinen Reim machen, Perry«, schaltete Tragg sich ein, »und Sie täten mir einen großen Gefallen, wenn Sie uns über Ihr Gespräch mit Miss Ambler informierten. Ich glaube, damit hätten wir ein paar Anhaltspunkte... Was ist eigentlich mit der Blinddarmnarbe?«

»Tut mir leid«, entgegnete Mason fest, »ich sehe mich nicht in der Lage, irgendwelche Auskünfte zu geben.«

Tragg lächelte. »Na schön, die Schule ist aus. Unten warten Streifenwagen, um Sie zurückzubringen.«

Minerva Minden schritt stolz zur Tür. Plötzlich drehte sie sich um, ging auf Perry Mason zu und streckte die Hand aus. »Sie gefallen mir«, sagte sie.

»Vielen Dank.«

»Wollen Sie es sich nicht noch einmal überlegen?«

»Nein.«

Minerva lächelte Della Street zu, wandte Tragg den Rücken und verließ den Raum.

»Sie waren wirklich ziemlich ruppig«, bemerkte Mason zu Tragg.

»Zugegeben, aber ich mußte mir über das Ausmaß dieser Ähnlichkeit klarwerden.«

»Sind Sie jetzt überzeugt«, fragte Mason, »daß eine starke Ähnlichkeit vorhanden ist?«

»Sie ist allerdings verblüffend. Ich bemerkte, daß Della Street das Mädchen mit Habichtsaugen beobachtete. Was halten Sie davon, Della?«

»Ihr Haar hat nicht genau die gleiche Farbe«, sagte Della Street. »Sie benutzt auch nicht das gleiche Make-up, ihr Nagellack ist anders und – na ja, es gibt da allerlei Kleinigkeiten, die einer Frau auffallen. Aber ich kann nur sagen, die rein körperliche Ähnlichkeit ist tatsächlich überraschend. Der große Unterschied liegt in den Stimmen. Dorrie Ambler spricht rasch und etwas schrill.«

»Vielen Dank«, sagte Tragg. »Es ließ sich wirklich nicht anders einrichten, Perry, denn Sie wollten ja auf andere Art nicht mitarbeiten. Unser Wagen wird Sie jetzt beide in Ihr Büro bringen.«

8

Mason und Della Street sprachen auf ihrem Rückweg vom Polizeipräsidium in Paul Drakes Büro vor.

»Hast du ein großes Tränentuch parat, Paul?« erkundigte sich Mason.

»In der oberen rechten Schublade liegt immer eins«, sagte Drake.

»Hol es raus«, empfahl Mason ihm. »Denn du hast einen lukrativen Job verpaßt.«

»Wieso?«

»Die Polizei hat ihn übernommen. Vielleicht schaltet sich auch das FBI noch ein. Eine Entführung wird zwar erwogen, aber die örtliche Polizei ist noch immer zu sechzig Prozent überzeugt, daß Dorrie Ambler den Detektiv, der sie erpressen wollte, umbrachte und anschließend flüchtete.«

»Was ja auch ziemlich logisch klingt«, meinte Drake.

»Oder sie versuchte sich zu verteidigen, als er sie fortschaffen wollte.«

»Und ermordete ihn dabei?« fragte Drake.

»Es sind noch seltsamere Dinge passiert«, stellte Mason fest.

»Zum Beispiel?«

Mason grinste. »Zu deiner Information, Paul: Ich habe gerade mit Minerva Minden gesprochen.«

»War sie endlich dazu bereit?« fragte Drake.

»Tragg hat uns eine Falle gestellt. Er wollte mich angeblich dringend in seinem Büro sprechen und ließ mich abholen. Er bestand darauf, daß Della mitkam. Als er uns in sein Büro führen ließ, saß Minerva dort. Ich glaube, Tragg wollte nur feststellen, wie sehr Minerva und Dorrie Ambler sich ähneln.«

»Wie stark ist denn nun diese Ähnlichkeit?«

»So umwerfend, daß sogar ich darauf reingefallen bin«, sage Mason. »Della hat die Verschiedenheit entdeckt.«

»Der Unterschied liegt in den Kleinigkeiten, die einer Frau eben auffallen. Vor allem in der Haartönung«, erläuterte Della.

»Völlig verschieden sind die Stimmen«, fügte Mason hinzu. »Meiner Ansicht nach kann diese Ähnlichkeit aber nicht rein zufällig sein. Ich glaube, wenn wir Dorrie Ambler finden, haben wir eine weitere Erbin für Harper Mindens Vermögen.«

»Und dann kommt's zum gnadenlosen Kampf zwischen Minerva Minden und Dorrie Ambler?« fragte Drake.

»Anzunehmen. Du wirst dich erinnern, daß Minerva Mindens Mutter eine Schwester hatte, die angeblich ohne direkte Nachkommen starb. Sie lebte eine Zeitlang bei ihr. Allein auf Grund dieser Ähnlichkeit zwischen den beiden Mädchen möchte ich wetten, daß Minervas Vater in mehr als einem Bett geschlafen hat. Sie ist zu verblüffend, um rein zufällig zu sein.«

»Du meinst, Dorrie Ambler wurde entführt?« fragte Drake.

»Ich versuche noch immer, mir das Gegenteil einzureden. Leider ist mir das bisher kaum gelungen.«

»Man muß den Zeitfaktor berücksichtigen«, überlegte Drake. »Sie hätten verdammt wenig Zeit gehabt, das Mädchen die Treppen hinunter und aus dem Haus zu befördern. Den Lift können sie nicht genommen haben, denn damit wären sie aufgefallen. Zumindest hätten wir sie entdecken *können*, und das durften sie nicht riskieren.«

»Daran habe ich auch schon gedacht«, stimmte Mason zu. »Ich frage mich, ob sie vielleicht im Haus selbst festgehalten wurde.«

»Du meinst, sie hatten noch ein anderes Apartment?«

Mason nickte und überlegte einen Augenblick. »Paul‹, bat er dann, »geh dieser Möglichkeit nach. Sieh zu, ob du feststellen kannst, wem die Wohnungen auf dem unteren und dem oberen Flur gehören. Es ist immerhin möglich, daß man sie in eine andere Wohnung geschleppt hat.«

»Und was ist mit meinen Beobachtern?«

»Ruf sie ab«, sagte Mason. »Sie wären den Polypen unsympathisch und nutzen ohnehin nichts mehr.«

»Okay, Perry.«

»Und jetzt«, verkündete Della Street, »werden wir hoffentlich wieder eine Art Büroordnung herstellen, Mr. Perry Mason. Wir haben eine Menge Termine abgesagt und wahrscheinlich etliche Mandanten verärgert.«

»Und soviel ich weiß, liegt da auch ein Stapel wichtiger Post«, fügte Mason hinzu. »Vermutlich werden Sie auf den auch noch zu sprechen kommen.«

»In fünf Minuten ist er auf Ihrem Schreibtisch«, versprach Della.

Mason wandte sich mit einer entsagungsvollen Geste an Paul Drake. »Alsdann, Paul, hinein in die alte Tretmühle.«

9

Als Perry Mason am nächsten Morgen sein Büro betrat, begrüßte Della Street ihn: »Guten Morgen, Chef. Ich nehme an, Sie haben die Zeitungen schon gesehen?«

»Bisher noch nicht«, sagte Mason.

»Na, die erste Seite handelt nur von Ihnen.«

»In der Sache Ambler?« fragte Mason.

»Für die Zeitungen ist es die Sache Minden. Man kann von keiner Zeitung erwarten, daß sie Schlagzeilen an eine unbekannte Person verschwendet, wenn sie eine reizvolle junge Erbin hat.«

»Ist Minerva auch abgebildet?«

»Natürlich. Als Sexbombe und so weiter. Hübsche Beine hat sie — oder sollte Ihnen das entgangen sein?«

»Ich hab's gemerkt«, gestand Mason, während er die Zeitung von Della entgegennahm. Am Schreibtisch stehend, warf er einen Blick auf die Schlagzeilen. Er machte einen Schritt zum Drehstuhl, hielt jedoch inne, fasziniert von der Lektüre.

Das Telefon läutete.

»Ja, Gertie?« fragte Della Street. »Moment. Ich bin sicher, daß er mit ihm sprechen will. Leutnant Tragg«, meldete sie Mason.

Er legte die Zeitung nieder und nahm den Hörer ab. »Hallo, Leutnant«, sagte er. »Ich schätze, Ihr Abhörgerät im Büro hatte auch gleich Verbindung zur Presse?«

»Darüber wollte ich gerade mit Ihnen reden«, erwiderte Tragg. »Ich mußte einen Bericht machen, und Meldungen gingen auf Grund dieses Berichtes heraus, nicht durch mich.«

»Das heißt, sie wurden von Ihren Vorgesetzten freigegeben?«

»Ich bin nicht befugt, die Prozedur näher zu erläutern«, wich Tragg aus. »Ich wollte Ihnen nur sagen, daß die Publicity von meinem Bericht herrührt und nicht von mir.«

»Ich verstehe«, sagte Mason.

»Das heißt«, ergänzte Tragg, »die anfängliche Publicity; denn als sich herausgestellt hatte, daß die Zeitungen die Story besaßen, lieferte Ihre Mandantin die Einzelheiten dazu.«

»Meine Mandantin?« fragte Mason.

»Minerva Minden.«

»Ich habe Ihnen bereits erklärt, daß sie *nicht* meine Mandantin ist. Ich vertrete Dorrie Ambler, die aus den Parkhurst Apartments fortgeschafft wurde... Was haben Sie erfahren, Leutnant?«

»Genau nichts«, sagte Tragg. »Aber informell höre ich, daß das FBI den Fall bearbeitet, obwohl es ihn bisher nicht offiziell übernommen hat. Sie kennen diese Leute ja. Ihr Lebenszweck ist es, Informationen zu sammeln, nicht, sie herauszugeben.«

»Das scheint mir auch sinnvoller. Aber ich bin etwas erstaunt über Minerva Minden. An sich nahm ich an, sie würde die Geschichte lieber vertuschen, doch hier steht alles haarklein in der Zeitung mit sämtlichen Einzelheiten und Nebensächlichkeiten, einschließlich der Tatsache, daß dies zur Wiederaufnahme ihrer Erbschaftssache führen kann.«

»Man sollte zwar meinen, sie würde das nicht ausposaunen«, sagte Tragg, »andererseits aber hat sie keine sonderliche Abneigung gegen Zeitungsklatsch.«

»Das habe ich bemerkt.«

»Also, ich wollte Sie nur anrufen und Ihnen alles erklären.«

»Vielen Dank«, sagte Mason. »Ich bin außerordentlich beunruhigt wegen Dorrie Ambler.«

»Das scheint mir auch berechtigt«, gab Tragg zu. »Wir tun, was wir können. Wir müssen sie finden, ganz gleich, ob es sich um Entführung, Mord oder Flucht handelt.«

»Werden Sie mich verständigen, sobald sich irgend etwas ergibt?« fragte Mason.

Tragg wurde vorsichtig. »Nun ja, entweder lasse ich selbst von mir hören, oder ich sorge dafür, daß sie Gelegenheit dazu bekommt.«

»Danke«, sagte Mason. Er legte auf und nahm wieder die Zeitung vor.

»Sie haben tatsächlich alles gebracht«, erklärte er schließlich. »Nicht allein, was sie ihnen erzählt hat, sondern auch noch ein paar scharfsinnige Vermutungen.«

»Welche Wirkung wird das auf die Sache haben, mit der Dorrie Ambler Sie beauftragte?« fragte Della Street.

»Sie wollte sicherstellen, daß man ihr keine Straftat unterschob. Sie wollte deutlich zu erkennen geben, daß ...«

»Ja?« drängte Della Street, als Mason mitten im Satz abbrach.

»Wissen Sie, ich sage mir schon seit geraumer Zeit, daß es gar keine Entführung gewesen sein muß. Möglicherweise war die ganze Sache geplant.«

»Einschließlich des Mordes?«

»Das nicht, nein. Wir wissen nicht, was den Mord verursacht hat, aber wir haben eine Voraussetzung, auf der wir aufbauen können. Unsere Mandantin ist eine recht intelligente, dazu sehr wagemutige junge Frau. Sie war durchaus bereit, ungewöhnliche Methoden anzuwenden, um etwas zu erreichen.«

»Was denn?« fragte Della Street.

»Publicity. Sie wollte die Geschichte von der Ähnlichkeit in der Presse ausposaunt haben. Sie *sagte* vielleicht nur, sie wolle damit verhindern, daß man sie zum Sündenbock für ein Verbrechen machte, das sie nicht begangen hatte.«

Della Street nickte.

»Natürlich muß das nicht unbedingt der wahre Grund sein«, erklärte Mason weiter. »Ihre wirkliche Absicht kann darin gelegen haben, ihre Ähnlichkeit mit Minerva Minden zu publizieren und die Journalisten auf die schlaue Idee zu bringen, sie sei mit ihr verwandt. Worauf man ihren Fall gründlich hochspielen würde.«

»Und das wäre vor Gericht vorteilhaft für sie?« fragte Della.

»Nicht nur das – es würde ihr eine erstklassige Position für einen Kompromiß mit Minerva Minden verschaffen.«

Della Street nickte wieder nachdenklich.

»Aber«, fuhr Mason fort, »weil Minerva so prompt schaltete, verlief das glatt im Sande. Und was tut ein helles Mädchen wohl unter solchen Umständen?«

»Es läßt sich eine andere Masche einfallen, um in die Zeitung zu kommen«, meinte Della Street.

Mason klopfte mit dem Handrücken auf die Zeitung vor ihm.

»Jetzt werd' ich verrückt«, rief Della. »Sie glauben, Dorrie hat die ganze Sache so gedreht? Die Entführung, die ...«

»Einiges läßt tatsächlich darauf schließen«, sagte Mason. »Ich hoffe noch immer, daß es die Lösung ist. Für einen oder zwei Männer wäre es schwierig, wenn nicht gar unmöglich, eine sich sträubende Frau aus dem Apartmenthaus zu schaffen. Die Polizei war innerhalb weniger Minuten zur Stelle. Den Fahrstuhl wagten sie wegen seiner Lage nicht zu benutzen. Sie hätten die Treppen nehmen müssen. Sofern ihnen keine andere

Wohnung zur Verfügung stand, konnten sie Dorrie kaum aus dem Haus befördern.«

Della Street sah ihren Chef verständnisvoll an. »Sie möchten sich einreden, daß auch dies zu Dorries Programm gehörte«, sagte sie. »Und ich würde Ihnen gern dabei helfen – auch wenn ich es nicht ganz glauben kann.«

»Es ist ziemlich schwierig«, gab Mason nochmals zu bedenken, »eine Frau gegen ihren Willen zum Verlassen des Hauses zu bringen.«

»Sie hätten sie mit vorgehaltener Pistole zwingen können, oder auch mit einem Messer im Rücken.«

»Hätten sie«, räumte Mason ein. »Bedenken Sie aber, daß gerade um den Zeitpunkt, zu dem sie auf der Straße angekommen wären, sich dort die Polizeiwagen sammelten.«

»Ob Dorrie ihnen aber aufgefallen wäre?« fragte Della.

»Ganz bestimmt sogar. Die Leute sind trainiert auf diese Dinge. Sie haben sich zu ständiger Wachsamkeit erzogen. Wenn drei Personen die Straße entlang oder zum Parkplatz gingen – zwei Männer mit einer sich sträubenden Frau in ihrer Mitte –, dann hätten die Beamten das zweifellos bemerkt.«

»Sie glauben, es waren zwei Männer?«

»Ich glaube, die Matratzen wurden in die Küche geschleift, nachdem Paul und ich geklingelt hatten«, sagte Mason. »Es ist kaum anzunehmen, daß für eine einzelne Person genügend Zeit blieb, zwei Wege zu machen. Ich glaube zwei Matratzen gesehen zu haben und rechne daher mit zwei Personen, die sie heranschleppten. Überdies wäre es für eine einzelne Person wohl ein aussichtsloses Unternehmen gewesen, das Mädchen aus dem Apartmenthaus zu schaffen. Bedenken Sie, der Mann hätte sie nicht nur aus dem Haus, sondern auch in einen Wagen befördern und sofort Leine ziehen müssen. Ich glaube nach wie vor an eine harmlose Lösung. Dorrie wußte, was sie tat, alles war ein Teil ihres Planes – alles bis auf den Mord. Der gehörte nicht ins Programm. Er zwang Dorrie zur Änderung ihrer Pläne; aber sie ist wohlauf – irgendwo.«

Fingerknöchel pochten ein geheimes Signal an die Tür des Büros. Auf Masons Kopfnicken hin öffnete Della Street, um Paul Drake einzulassen.

»Was gibt's Neues, Paul?« fragte Mason.

»Ziemlich gründliche Berichte in der Presse.«

»Nicht wahr?«

»Der einzige Fehler war dein Foto neben der Sexbombe. Es ist schrecklich düster und würdevoll.«

»Das haben sie im Archiv ausgegraben«, sagte Mason. »Sie mußten nehmen, was sie kriegen konnten ... Was gibt's sonst, Paul?«

»Vielleicht ist deine Idee mit dem zweiten Apartment im Haus tatsächlich die Erklärung, Perry.«

Masons Gesicht wurde hart. »Inwiefern?«

»Am Tag vor der Entführung fragte ein Mann namens William Camas nach einer freien Wohnung. Man sagte ihm, Apartment 805 im achten Stock sei frei. Er sah es sich an und wollte es noch seiner Frau zeigen. Aber er meinte, es ginge in Ordnung. Für eine Art Option von drei Tagen hinterlegte er hundert Dollar und vereinbarte, daß er nach Ablauf dieser drei Tage entweder einen Mietvertrag unterschreiben würde oder die hundert Dollar verwirkt hätte.«

»Und er zog ein?« fragte Mason.

»Das eben weiß niemand genau. Die Managerin gab ihm jedenfalls den Schlüssel.«

»Und in welchem Zustand befindet sich das Apartment jetzt? Worauf läßt es schließen? Irgendwelche Fingerabdrücke?«

»Na hör mal«, sagte Drake. »Natürlich ist auch die Polizei auf diesen Gedanken gekommen. Sie hat Fragen gestellt, von Camas erfahren und einen Nachschlüssel zu seinem Apartment erhalten. Mehr weiß kein Mensch darüber. Sollte die Polizei was gefunden haben, läßt sie jedenfalls nichts verlauten.«

»Aber sie haben das Apartment untersucht?«

»Mit einem feinzinkigen Kamm«, sagte Drake.

»Weißt du denn, ob sie mit Camas selbst gesprochen haben?«

»Kein Mensch weiß das.«

»Du konntest ihn nicht auftreiben?«

»Keine Spur. Er gab eine Adresse in Seattle an. Mein Gewährsmann ist dabei, sie nachzuprüfen. Ich schätze aber, sie ist falsch.«

Das Telefon läutete. Della Street meldete sich und winkte gleich darauf Drake heran. »Für Sie, Paul.«

»Hier Drake«, sagte er und hörte einige Minuten zu. »Bist du sicher? – Okay, bleib dran.«

Er legte auf und berichtete Perry Mason: »Stimmt genau, die Adresse war falsch.«

»Verflixt, Paul«, schimpfte Mason, »das macht meine letzte Hoffnung zuschanden. Ich hatte auf die Theorie gesetzt, daß sie Dorrie nicht gegen ihren Willen aus dem Apartment befördern konnten.«

»Ich weiß«, sagte Paul Drake mitfühlend. »Ich kann mir vorstellen, wie dir zumute ist. Aber das sind nun mal die harten Tatsachen. Es ist mein Job, sie dir mitzuteilen.«

»Menschenskind, wir müssen was *tun*, Paul. Wo sie auch sein mag, sie rechnet auf unsere Hilfe.«

»Beruhige dich, Perry, der ganze Polizeiapparat ist mit der Sache befaßt. Wir könnten ihnen nur in die Quere kommen.«

»Du bist sicher, daß sie mit voller Energie daran arbeiten?«

»Himmel, ja. Mein Mann in Seattle stellte fest, daß die Adresse falsch war, und zwar als dritter. Polizei und FBI hatten sich bereits damit befaßt.«

»Das Mädchen ist in Gefahr!«

»Jetzt nicht mehr«, widersprach Drake. »Ich bin nicht herzlos, aber wenn ihr was passieren sollte, ist es schon passiert. Wenn sie sterben muß, ist sie bereits tot. Lebt sie noch, wird sie zu irgendeinem Zweck festgehalten – Lösegeld, Erpressung oder sonst was. Du kannst überhaupt nichts tun als abzuwarten, Perry.«

Mason seufzte. »In gewissen Grenzen war ich bisher immer in der Lage, die Ereignisse zu übersehen. Ich hasse Situationen, in denen ich im dunkeln tappe.«

»Na, du tappst aber jetzt«, sagte Drake. »Und wir können nur abwarten. Ich gehe in mein Büro, Perry. Du hörst wieder von mir.«

»Was ist mit deinen Leuten?« fragte Mason. »Wäre es nicht zweckmäßig, weitere Detektive anzusetzen?«

»Nein, ich rufe sie jetzt ab. Sie würden dir nur enorme Gebühren verursachen. Außerdem wären sie den Polizeiorganen im Weg.«

Mason schwieg ein paar Sekunden; dann sagte er: »Okay, Paul.«

Drake warf Della Street noch einen warnenden Blick zu, als er das Büro verließ.

Der Anwalt begann zu diktieren, gab es jedoch mitten im zweiten Brief auf und fing an, im Büro hin- und herzugehen. »Ich schaffe es einfach nicht, Della. Ich kann meine Gedanken nicht losreißen von ... Versuchen Sie Leutnant Tragg zu erreichen.«

Della nickte verständnisvoll, ging zum Telefon und hatte gleich darauf die Verbindung hergestellt. »Tragg am Apparat, Chef.«

»Hallo, Leutnant. Perry Mason hier. Ich bin in Sorge, was sich in Dorrie Amblers Fall tut. Es gefällt mir durchaus nicht, wie die Dinge sich entwickeln.«

»Wem gefiele es wohl?«

»Haben Sie was herausgefunden?«

»Eine ganze Menge«, sagte Tragg. »Wir sind noch bei der Auswertung, Perry.«

»Können Sie mir sagen, was Sie haben?«

»Nicht alles, nein.«

»Was ist mit diesem Apartment 805?«

»Was wissen Sie denn darüber?«

»Ich frage *Sie*.«

»Und ich sehe mich nicht in der Lage, Ihnen alles zu berichten, was ich darüber weiß ... Hören Sie, Perry, Sie wollen uns doch nicht verschaukeln?«

»Wie meinen Sie das?«

»Haben Sie sich etwa ein hinterlistiges Programm einfallen lassen, um Tarnnebel zu erzeugen?«

»Tarnnebel?« fragte Mason. »Zu welchem Zweck?«

»Das eben hätte ich gern gewußt.«

»Aber Sie sind auf dem Holzweg, völlig auf der falschen Spur. Zum Teufel, gerade das habe ich ja befürchtet! Sie halten das Ganze für irgendeine Intrige meinerseits und gehen nur mit halber Kraft an die Sache heran. Ich sage Ihnen, dieses Mädchen ist in Gefahr!«

»Beunruhigt Sie die Tatsache, daß Sie sie nicht vor dieser Gefahr geschützt haben?« fragte Tragg.

»Ja.«

»Na schön, in diesem Punkt kann ich Ihr Gewissen beruhigen. Ihre Mandantin war kein Opfer, sondern eine Komplizin. Sie ging von Apartment 907 die Treppen hinunter zum Apartment 805. Da blieb sie, bis die Luft rein war. Dann verließ sie es freiwillig und unaufgefordert.«

»Was bringt Sie denn auf diese Idee?«

»Ein Augenzeuge.«

Mason schwieg einige Sekunden.

»Na?« fragte Tragg.

»Offen gestanden, Leutnant, Sie haben mich ungemein erleichtert«, gab Mason zu.

»In welcher Hinsicht?«

»Ich habe bereits mit der Möglichkeit gerechnet, daß hier ein raffinierter Plan abgewickelt wurde.«

»Doch keiner, den Sie geschmiedet hatten?«

»Nein. Einer, der mich genauso täuschen sollte wie die Polizei.«

»Nun, offen gesagt, Perry, diese Theorie wird auch von den Untersuchungsbeamten immer häufiger erwogen. Und damit hätten wir natürlich einen ungeklärten Mord am Hals. Vieles spricht dafür, daß der ganze Akt nur aufgezogen wurde, um das Vorhandensein einer Leiche in der Wohnung Ihrer Mandantin zu erklären. Wenn sich das als richtig herausstellen sollte, würde es uns wenig gefallen.«

»Mir auch nicht«, sagte Mason.

»Also gut, dann will ich Ihnen eine offene Frage stellen, Perry. Haben Sie irgendeinen berechtigten Grund zu der Annahme, daß Ihre Mandantin hinter diesem Spiel steckt?«

»Ich will aufrichtig sein, Tragg«, antwortete Mason. »Es besteht immerhin so viel Grund, daß ich diese Möglichkeit erwogen habe. Wenn das Mädchen entführt wurde und in Gefahr ist, kann ich nicht einfach zusehen und abwarten. Falls es sich aber um einen wohlüberlegten Plan handelt, um einen Mord zu kaschieren, will ich erstens nichts damit zu schaffen haben und zweitens mein möglichstes zur Aufklärung des Falles beitragen. Wobei ich natürlich ihr Vertrauen würdigen müßte, weil sie immerhin einmal meine Mandantin war.«

»Ich verstehe«, sagte Tragg. »Aber sie war nicht Ihre Mandantin, soweit es sich um einen Mord handelt.«

»Ganz recht, das war sie nicht. Und ich will Ihnen noch mehr sagen: Sie wird es auch nicht sein.«

»Nun, ich kann Ihnen folgendes berichten, was den Fall für Sie wohl erledigen dürfte. Als Dorrie Ambler ihr Apartment verließ, ging sie geradewegs die Treppe hinunter in die Wohnung 805. Wir wissen, daß später am Abend eine Frau, die im sechsten Stock wohnt, Ihre Mandantin im Lift abwärtsfahren sah. Dieser Frau war sie aufgefallen, weil sie abends eine dunkle Brille trug und nicht erkannt werden wollte. Sie kennt aber Dorrie und hat gelegentlich mit ihr geschwatzt. Dorrie hatte den Hund dieser Frau gern, was auf Gegenseitigkeit beruhte. Es ist ein merkwürdiger Hund; nicht bösartig, aber er will in Ruhe gelassen werden. Wenn Leute ihn streicheln, knurrt er. Diese Frau merkte also, daß Dorrie Ambler aus irgendwelchen Gründen nicht erkannt werden wollte. Dorrie stellte sich im Lift nach vorn und drehte Frau und Hund den Rücken zu. Der Hund wollte aber von ihr gestreichelt werden, er beschnüffelte ihr Bein und wedelte mit dem Schwanz. Schließlich streckte Dorrie die Hand aus, und der Hund leckte ihr die Finger. Als der Fahrstuhl hielt, stieg sie eiligst aus. Die Frau wollte ihren Hund spazierenführen, der aber stehen blieb, als sie zu dem Rasenstreifen vor der Haustür kamen. Da sah die Zeugin am Straßenrand einen Mann im Auto warten. Dorrie schoß fast im Laufschritt auf ihn zu, sprang in den Wagen und wurde prompt weggefahren.«

»Fingerabdrücke?« fragte Mason.

»Keine. Eine sonderbare Sache. Beide Apartments, 907 und 805, wurden offenbar piksauber gewischt. Es findet sich kein einziger Abdruck, außer von Marvin Billings. Seine Spuren sind über das gesamte Apartment 907 verstreut.«

»Besaß er Schlüssel?« erkundigte sich Mason.

»Ich sollte Ihnen das nicht erzählen«, sagte Tragg, »aber ich weiß ja, wie Ihnen zumute ist. In Billings Taschen befand sich nicht die kleinste Kleinigkeit. Keine Schlüssel, keine Münzen, keine Zigaretten, kein Bleistift, nichts. Er war restlos ausgenommen worden.«

Mason grinste. »Wirklich, Leutnant, mir ist jetzt wesentlich wohler; selbst wenn ich dem Anschein nach für dumm verkauft worden bin. Sie haben mich von einer Zentnerlast befreit.«

»Na schön, Perry«, sagte Tragg. »Auf eins nur möchte ich Sie hinweisen: Wenn dies ein Projekt ist, in dem Sie mit drinhängen, wird es Ihnen wehtun. Wir schätzen es nicht, wenn Bürger Entführungen vortäuschen, und wir halten auch nichts von Mord. Ohne ein Geheimnis zu verletzen, kann ich Ihnen wohl sagen, daß Hamilton Burger, unser Bezirksstaatsanwalt, fest von einem Hokuspokus Ihrerseits überzeugt ist. Er glaubt, Sie haben die Sache ausgeheckt, um den Sachverhalt zu verschleiern – um es ihm zu erschweren, Dorrie Ambler des Mordes zu überführen, wenn wir sie endlich ergriffen haben. Und wie wir beide Hamilton Burger kennen, wissen wir, daß ihm dies nur noch mehr Auftrieb gegeben hat, das Komplott aufzudecken und die Verschwörer zu überführen – *alle.*«

»Das leuchtet mir durchaus ein«, stimmte Mason zu. »Vielen Dank für den Tip, Leutnant. Ich werde meine Nase heraushalten.«

»Und die Augen offen«, warnte Tragg.

»Ganz bestimmt«, versprach Mason und hängte ein.

Er drehte sich um zu Della Street. »Ich glaube, wir können jetzt mit der Post weitermachen, Della. Unsere ehemalige Mandantin ist offenbar ein recht cleveres kleines Mädchen und eine beachtliche Intrigantin ... Haben Sie Traggs Bericht mitgehört?«

Della Street nickte. Plötzlich rief sie wütend: »Hoffentlich wird sie geschnappt und verurteilt!« Nach einer kleinen Pause fuhr sie etwas sanfter fort: »Wenn Dorrie Ambler mit offenen Karten gespielt und ihren Erbanspruch durch Sie geltend gemacht hätte, wäre sie vielleicht an einigen Millionen Dollar beteiligt worden. Jetzt dagegen hat sie sich eine Mordanklage eingehandelt.«

»Aber darüber brauche ich mir nicht den Kopf zu zerbrechen«, sagte Mason. Er stand auf und durchschritt das Büro. »Wenn nicht zwei Punkte dagegensprächen«, sagte er endlich, »würde ich die Richtigkeit von Traggs Schlüssen bezweifeln.«

Della kannte ihren Chef genügend, um zu wissen, daß er eine Ermunterung zum lauten Denken wünschte. »Welche zwei Punkte, Chef?« fragte sie.

»Erstens wissen wir, daß unsere Mandantin sich in ausgefallene Situationen begeben hat, um öffentliche Aufmerksamkeit zu erregen. Wir wissen, daß sie die Presse veranlassen wollte, ihre Ähnlichkeit mit Minerva Minden zu publizieren.«

»Und der zweite Punkt?« fragte Della.

»Ist der Hund«, erklärte Mason. »Hundenasen irren sich nicht. Daher war sie am Leben, wohlauf, und handelte selbständig, lange nach der angeblichen Entführung. Ich glaube, Della, wir müssen uns mit der Tatsache abfinden, daß Miss Dorrie Ambler beschlossen hatte, mich als Schachfigur in einem ihrer wohldurchdachten Pläne zu benutzen. Aber dann passierte etwas, das ihr Spielchen über den Haufen warf.«

»Was?« fragte Della.

»Mord. Billings war ein Detektiv von anrüchigem Ruf. Wer informiert war und seine Schliche kannte, wußte auch, daß er bei passender Gelegenheit Kunden erpreßte.«

»Also?«

»Da mir jetzt klar ist, daß sie mich nur in ihren Schwindel einbeziehen wollte«, sagte Mason, »da ich weiß, daß sie den Bogen überspannt hat, obwohl es ihr völlig freistand, mich nach ihrer sogenannten Entführung aufzusuchen, was sie aber unterließ – kann ich meine Hände in Unschuld waschen. Ich bin wahrhaftig froh, Della, daß Sie ihr nicht in die Falle gingen und die hundert Dollar Vorschuß annahmen. Wie die Dinge jetzt liegen, haben wir ihr *einen* Dienst erwiesen und schulden ihr nichts ... So bin ich also durch einen kleinen Hund meine großen Sorgen los. Machen wir uns wieder an den Stapel Post.«

10

Della Street kam vom Vorzimmer herein und blieb vor Perry Masons Schreibtisch stehen. »Es tut mir so leid, Ihnen dies antun zu müssen, Chef«, sagte sie, als der Anwalt aufblickte.

»Was?« fragte Mason.

»Es sind jetzt zehn Tage her, daß Dorrie Ambler verschwand. Sie sind darüber hinweg, und alles läuft wieder im alten Gleis.«

»Und nun?«

»Nun sitzt Henrietta Hull im Vorzimmer und wartet – ungeduldig.«

»Weswegen will sie mich denn sprechen?«

»Die Polizei hat Minerva Minden festgenommen. Henrietta Hull ist sich nicht sicher, was ihr vorgeworfen wird, hat aber gehört, daß man sie in Zusammenhang mit dem Mord vernehmen will.«

Mason schüttelte den Kopf. »Ich vertrete Dorrie ...«

Della Street hob fragend die Augenbrauen, als Mason plötzlich abbrach und schwieg. Nach zehn bis fünfzehn Sekunden sagte er unvermittelt: »Schicken Sie sie herein, Della. Ich will mit ihr reden.«

Della Street nickte, ging hinaus und kehrte gleich darauf mit der schwungvoll ausschreitenden Henrietta Hull zurück.

»Mrs. Hull«, meldete Della.

»Wir kennen uns bereits«, sagte Henrietta Hull, wobei sie auf Masons Schreibtisch zuging und dem Anwalt mit festem Druck ihre knochige Hand reichte. Dann nahm sie im Mandantensessel Platz.

»Wie ich Ihnen bereits sagte, Mr. Mason, stehen Sie an der Spitze unserer Liste von Anwälten für Kapitalverbrechen.«

»Und?« fragte Mason, als sie zögerte.

»Minerva ist vorläufig festgenommen worden.«

»Verhaftet?«

»Ich glaube nicht. Man hat sie heute nacht um 3 Uhr abgeholt; sie ist noch nicht zurückgekommen und hat auch nicht angerufen.«

»Was soll ich in der Sache tun?«

»Einen Vorschuß von zwanzigtausend Dollar akzeptieren und ihre Vertretung übernehmen.«

»Sie wird verhört über den Mord an dem Mann, der in Apartment 907 gefunden wurde – Marvin Billings?«

»Ich weiß es nicht. Mir ist lediglich bekannt, daß sie ein paar Fragen in Verbindung mit einem Mord beantworten sollte und daß es ziemlich wichtig wäre.«

»Widersetzte sie sich, zu dieser frühen Morgenstunde mitzugehen?«

»Das nicht; die Polizei hatte offenbar auf sie gewartet. Sie kam gerade erst nach Hause.«

»Ohne Begleitung?« fragte Mason.

»Ohne Begleitung.«

»Waren Sie noch auf?«

»Nein. Sie hinterließ mir nur eine schriftliche Nachricht; das durfte sie noch. Darin hieß es, sie würde anrufen, und wenn ich bis heute morgen 9 Uhr nichts von ihr gehört hätte, sollte ich Sie aufsuchen und Ihnen einen Scheck über zwanzigtausend Dollar als Vorschuß geben.«

»Sie dürfen Schecks für Miss Minden unterzeichnen?«

»Gewiß. Ich bin ihre Bevollmächtigte.«

Henrietta Hull öffnete gelassen ihre Handtasche, nahm ein getöntes rechteckiges Papier heraus und blickte zu Della Street hin. »Ich vermute, Ihre Sekretärin nimmt die Gebühren in Empfang?«

»Das ist der Scheck?« fragte Mason.

»Über zwanzigtausend Dollar.«

»Ich habe bereits früher zu erklären versucht, daß ich Dorrie Ambler vertrat. Hier liegen gegensätzliche Interessen vor, fürchte ich.«

»Dorrie Ambler hat Sie nur beauftragt, damit sie nicht zum Sündenbock wurde, zur Lackierten, wie's im richtigen Jargon wohl heißt«, sagte Henrietta Hull. »Sie gaben ihr den gewünschten Rat, und damit verließ sie Ihr Büro. Zu Ihrer Information, Mr. Mason: Dorrie Ambler ist eine Gaunerin, eine Betrügerin. Sie hat Sie die ganze Zeit über belogen. Sie sind ihr absolut nichts schuldig. Sie *können* gar nichts mit ihr zu tun haben wollen.«

Ein Klopfzeichen kündigte Paul Drake an.

»Entschuldigen Sie mich einen Moment«, sagte Mason. Er öffnete die Tür einen Spalt und fragte: »Hat's Zeit, Paul? Ich bin beschäftigt.«

»Es hat *keine* Zeit«, entgegnete Drake.

Einen Augenblick war Mason unschlüssig. »Komm herein«, bat er dann, »du kennst ja Mrs. Hull bereits.«

»Oh – hallo«, grüßte Drake. »Ich will nicht stören, Mrs. Hull, ich muß Mr. Mason nur unbedingt etwas mitteilen – und zwar sofort.«

»Guten Tag, wie geht's, Mr. Drake?« sagte Henrietta Hull. »Ich wollte bei Ihnen hereinschauen, sobald ich mit Mr. Mason fertig bin. Oder besser gesagt, sobald Mr. Mason mit mir fertig ist. Wie ich Ihnen schon erklärte, Mr. Drake, habe ich eine Liste von Leuten, an die ich mich bei ernsten Schwierigkeiten wenden muß. Ihre Agentur liegt als Ermittlungsinstitut an der Spitze – besonders in Fällen, bei denen Mr. Mason als Verteidiger tätig ist. Ich gab Mr. Mason soeben einen Scheck als Vorschuß. Hier in meiner Tasche habe ich einen weiteren Scheck für Sie – über zweitausendfünfhundert Dollar Vorschuß.«

»Moment bitte«, schaltete Mason sich ein. »Miss Minden wurde heute nacht zum Verhör abgeholt. Das ist alles, was Sie über die Sache wissen. Es handelt sich um einen Mordfall, aber Miss Minden hat Sie noch nicht benachrichtigt. Sie selbst haben weder mit der Polizei noch mit der Staatsanwaltschaft Verbindung aufgenommen. Dennoch schreiben Sie Schecks über insgesamt 22 500 Dollar aus und versuchen einen Anwalt und eine Detektei zu beauftragen.«

»Ganz recht«, bestätigte Henrietta Hull.

»Und dabei befolgen Sie Anweisungen, die Miss Minden Ihnen auf einer Notiz hinterließ?«

»Ja.«

»Haben Sie diese Notiz bei sich?«

»Allerdings.«

»Die würde ich gern einmal sehen«, sagte Mason.

Henrietta Hull schien einen Augenblick unschlüssig zu sein. »Kann ich mich darauf verlassen, daß der Inhalt vertraulich behandelt wird?«

Der Anwalt schüttelte den Kopf.

»Ich muß dich allein sprechen, Perry«, drängte Paul Drake.

»In dieser Sache?«

»Ja.«

»Ich glaube, dann sprichst du am besten genau jetzt«, sagte Mason. »Es scheint mir zweckmäßig, die Sache sozusagen in gemeinsamer Sitzung zu bereinigen.«

»Also gut«, begann Drake. »Dorrie Ambler ist tot. Sie wurde ermordet. Ihre Leiche wurde entdeckt, und die Polizei glaubt todsichere Beweise gegen Minerva Minden zu haben.«

Mason schob seinen Stuhl zurück, sprang auf und blieb einen Augenblick stirnrunzelnd stehen; er schien sich scharf zu konzentrieren. Dann ging er um seinen Schreibtisch herum zum Fenster. Den Rücken zum Büro gewandt, blickte er ein paar Minuten auf die Straße hinunter. Schließlich drehte er sich um und sagte zu Henrietta Hull: »Wenn es stimmt, was Paul Drake sagt, Mrs. Hull, dann befindet sich Ihre Arbeitgeberin in einer sehr ernsten Lage. Überaus ernst.«

»Das ist mir klar.«

»Wußten Sie denn, daß Miss Ambler tot ist?«

»Ich hörte die Polizeibeamten sagen – sie hätten ihre Leiche gefunden, ja.«

»Lassen Sie mich folgendes fragen: Ist Minerva Minden schuldig?«

»Sie ist unschuldig«, antwortete Henrietta Hull im Ton fester Überzeugung.

»Wieso wissen Sie das? Verlassen Sie sich da nur auf Miss Mindens eigene Angaben?«

»Nein, auf meine Kenntnis des Falles. Dorrie hatte sich mit Gangstern eingelassen, von denen sie schließlich umgebracht wurde. Jetzt wollen sie Minerva den Mord in die Schuhe schieben. Miss Ambler plante eine Schiebung, aber sie erwies sich als Bumerang. Minerva ist in keiner Weise schuldig. Ändert diese Entwicklung jetzt etwas an Ihrer Einstellung?«

»Das tut sie allerdings«, sagte Mason. »Rein technisch wird eine Person erst dann für schuldig angesehen, wenn das Urteil rechtskräftig ist. Sie hat in jedem Stadium des Prozesses Anspruch auf einen Rechtsanwalt; nicht unbedingt, um ihre Unschuld nachzuweisen, aber um ihre gesetzlichen Rechte zu schützen.«

»Und diesen Anspruch hat auch Minerva?«

»Ja.«

»Sie wünscht aber *Sie* als Anwalt.«

Paul Drake räusperte sich, suchte Masons Blick und schüttelte unmerklich den Kopf.

»Warum nicht, Paul? Heraus damit. Laß uns nicht wie die Katze um den heißen Brei schleichen.«

»Gut«, sagte Drake. »Die Polizei hat todsichere Beweise gegen sie.«

»Das hast du bereits gesagt.«

»Ihr Komplize hat gestanden.«

»Wer ist das?« fragte Mason.

»Der Mann, den sie engagierte, um sie zu Dorrie Amblers Apartment zu begleiten und Dorrie zu entführen.«

»Er sagt, Minerva befand sich zu dem Zeitpunkt bei ihm?«

»Wie ich höre, behauptet er das.«

»Weißt du Einzelheiten, Paul?«

»Nur wenige. Der Kerl heißt Jasper. Er sagt, Minerva habe ihm von ihrer Erbschaft erzählt und daß Dorrie Ambler ihr im Weg sei bei der alleinigen Verfügungsgewalt über den Nachlaß. Dorrie müsse verschwinden. Minerva wollte für absolut sichere Begleitumstände sorgen, und zur gegebenen Zeit sollte Jasper ihr helfen. Jasper hat übrigens ein langes Register an Vorstrafen aufzuweisen. Und Billings wollte Minerva Minden erpressen, nicht Dorrie Ambler. Er endete mit einer tödlichen Kugel in der Brust.«

»Und man hat Minerva Minden wegen Mordes an Dorrie Ambler verhaftet?« fragte Mason.

Drake schüttelte den Kopf. »Wegen Mordes an Marvin Billings. Falls sie dann freigesprochen oder nicht zur Todesstrafe verurteilt wird, wollen sie ihr den Mord an Dorrie Ambler zur Last legen. Im Ambler-Mord haben sie nur Indizienbeweise; für Marvin Billings' Ermordung aber gibt es handfestes Material, einige Geständnisse und einen Augenzeugen. Da kann Minerva sich niemals rauswinden.«

Mason kam plötzlich zu einem Entschluß. »Ich werde sie in der Mordsache Billings vertreten«, verkündete er. »Sollte sie aber des Mordes an Dorrie Ambler angeklagt werden, kann ich die Verteidigung nicht zusagen; das müßte ich mir noch durch den Kopf gehen lasssen.«

»Das genügt schon, Mr. Mason«, sagte Henrietta Hull. »Betrachten Sie sich bitte als beauftragt.«

»Moment mal«, wandte Mason ein. »Wenn Sie keinerlei Verbindung mit ihr haben, wie können Sie dann wissen, daß sie im Fall Billings und nicht im Fall Dorrie Ambler vor Gericht gestellt wird?«

Henrietta Hull zögerte für den Bruchteil einer Sekunde; dann antwortete sie: »Offen gesagt weiß ich es gar nicht, Mr. Mason. Sollte die Sache aber andersherum liegen, können Sie den Vorschuß immer noch zurückgeben und die Vertretung niederlegen. Damit wären wir einverstanden.«

»Ich möchte einen Blick auf die Notiz werfen«, sagte Mason, »die Minerva für Sie hinterließ.«

Henrietta Hull öffnete ihre Handtasche, nahm ein gefaltetes Stück Papier heraus und reichte es Mason.

Die Nachricht lautete: »Henny – ich muß ins Polizeipräsidium. Wenn ich bis 9 Uhr nicht zurück bin, tun Sie das Nötige.«

»Detaillierte Anweisungen enthält dieser Brief keineswegs«, stellte Mason fest. »Es steht nichts über meine Beauftragung oder eine Vorsprache bei der Detektei Drake darin.«

»Ich glaube, Sie irren sich, Mr. Mason. Minerva schreibt wörtlich: ›Tun Sie das Nötige.‹«

»Heißt das, Sie hatten die Sache vorher mit Minerva besprochen?«

»Es heißt«, erwiderte Henrietta Hull, »daß sie mir die entsprechende Umsicht zutraute, das Nötige zu tun. Und ich tue es hiermit.«

»Hören Sie zu«, sagte Drake. »Ich will nicht schwarzmalen, aber wir haben es hier mit zwei Morden zu tun. Einer war mit Vorbedacht geplant, der andere könnte im Affekt geschehen sein. Jedenfalls liegen glasklare Beweise gegen Minerva Minden vor, das wissen Sie so gut wie ich. Es gibt Augenzeugen. Man hätte nicht riskiert, sie auch nur intern zu verdächtigen, wenn nicht genug Material vorhanden wäre.«

Mason hatte stirnrunzelnd nachgedacht. »Geben Sie Mistress Hull eine Quittung über zwanzigtausend Dollar Vorschuß, Della«, entschied er.

11

Im Sprechzimmer des Untersuchungsgefängnisses saß Perry Mason Minerva Minden gegenüber und sagte: »Minerva, bevor Sie sich äußern, will ich Ihnen mitteilen, daß Henrietta Hull mich heute morgen aufsuchte. Sie gab mir einen Scheck über zwanzigtausend Dollar als Vorschuß für Ihre Verteidigung. Ich habe ihr gesagt, ich würde Sie in der Mordsache Marvin Billings vertreten; ich wüßte aber noch nicht, ob ich es auch im Fall Dorrie Ambler tun könne.«

»Soweit ich verstanden habe, bin ich im Mordfall Billings verhaftet worden«, erklärte Minerva Minden.

»Wurde schon Anklage erhoben?«

»Ich glaube, man will die Anklagekammer entscheiden lassen. Aus irgendwelchen Gründen soll die Hauptverhandlung so schnell wie möglich stattfinden – was mir sehr lieb ist.«

»Für gewöhnlich gehen wir in Straffällen mit einer Verzögetungstaktik vor«, sagte Mason. »Um zu sehen, wie sich die Sache entwickelt.«

»Dies ist aber kein gewöhnlicher Fall«, wandte sie ein.

»Davon bin ich überzeugt. Mir dämmert allmählich, was da passiert sein könnte.«

Minerva schüttelte den Kopf. »Ich glaube nicht, daß Sie genug Tatsachen kennen, um bereits Schlüsse zu ziehen.«

»Vielleicht nicht«, räumte Mason ein. »Ich will Ihnen eine einzige Frage stellen: Haben Sie Marvin Billings ermordet?«

»Nein.«

»Mehr will ich zur Zeit nicht wissen.«

»In Ordnung«, sagte sie. »Und jetzt will ich Ihnen ein Geständnis machen. Ich ...«

»Wollen Sie eine strafbare Handlung zugeben?« unterbrach Mason.

»Ja, aber es ist ...«

Mason hob die Hand. »Ich will keinerlei Geständnisse hören.«

»Es ist nicht das, was Sie glauben. Es hat nichts zu tun mit ...«

»Wie können Sie wissen, was ich glaube?« fragte Mason.

»Weil es sich um etwas handelt, auf das Sie niemals kommen würden. Es geht hier um eine ganz andere Sache. Sie hat nichts mit diesem Mord zu tun, sie ...«

»Stop, Minerva«, unterbrach Mason wieder. »Ich will Ihnen meinen Standpunkt erklären. Sie haben mir gesagt, Sie seien des Mordes an Billings nicht schuldig. Wenn Sie mich belogen haben, ist das Ihr Pech, weil ich dann von einer falschen Voraussetzung ausgehe. Jedes sonstige Geständnis aber, das Sie mir machen wollen, ändert die Sachlage. Was ein Mandant seinem Anwalt bekanntgibt, gilt zwar als vertraulich. Wenn Sie mir jedoch sagen, daß Sie eine Straftat begangen haben, insbesondere eine andere als die Ihnen zur Last gelegte, dann haben wir eine veränderte Situation. Ich bin Ihr Rechtsanwalt, aber ich bin gleichzeitig Bürger. Ich kann Sie hinsichtlich Ihrer gesetzlichen Rechte beraten; wenn ich aber weiß, daß Sie ein Verbrechen begangen haben, und wenn ich Ihnen dann empfehle, wie Sie Ihre Festnahme wegen dieses Verbrechens vermeiden können, mache ich mich der Begünstigung schuldig. In eine solche Lage möchte ich nicht geraten.«

Minerva Minden überlegte ein paar Sekunden; dann sagte sie: »Ich verstehe.«

»Sie müssen sich nun darüber klarsein«, fuhr Mason fort, »daß sehr viel gegen Sie vorliegt. Absolut vernichtende Beweise, die nach Ansicht der Staatsanwaltschaft den Fall entscheiden. Sonst hätte man niemals gewagt, in dieser Weise gegen Sie vorzugehen.«

»Aus den mir gestellten Fragen«, sagte Minerva, »entnahm ich, daß dieser Dunleavey Jasper eine ziemlich tolle Geschichte erzählt hat.«

»Was hatten Sie mit Jasper zu tun?«

»Gar nichts.«

»Sind Sie ihm schon mal begegnet?«

»Ich glaube, ja.«

»Wann?«

»Zwei Kripoleute brachten einen Mann herein, als ich vom Staatsanwalt vernommen wurde. Der Mann sah erst mich an, dann den Staatsanwalt, schließlich nickte er und wurde hinausgeführt.«

Mason überlegte ein paar Sekunden, stand unvermittelt auf und sagte: »In Ordnung, Miss Minden, ich werde Sie vertreten. Ich muß Sie jedoch darauf hinweisen, daß gewisse Dinge, die Sie unternahmen, durchaus nicht geeignet sind, Ihnen einen Freispruch zu sichern. Sie haben die Presse mehr oder weniger bewußt dabei unterstützt, das Schlagwort ›tolle Erbin von Montrose‹ zu prägen. Neben aktenkundigen Scherzen, die Sie sich leisteten, kursiert allerlei Flüsterpropaganda über Nacktbadepartys und dergleichen.«

»Na und?« fragte sie. »Was ist dabei? Mein Körper gehört mir. Er gefällt mir, und er ist hübsch. Freikörperkultur hält jeder für selbstverständlich und läßt die Nackedeis in Ruhe. Ist man aber einigermaßen großzügig und wendet sich gegen ...«

»Mit mir brauchen Sie nicht darüber zu diskutieren«, unterbrach Mason sie lächelnd. »Ich will Ihnen nur klarmachen, daß schon manch einer die Sittengesetze verletzte und dann das Pech hatte, wegen Mordes angeklagt zu werden. Geschworene eines bestimmten Typs verpassen gern jemandem die Höchststrafe, der ihrem speziellen Sittenkodex zuwidergehandelt hat.«

»Na schön«, räumte Minerva ein, »in den Augen vieler Leute bin ich eben schamlos. Hindert Sie das, meinen Fall zu übernehmen?«

»Nein.«

»Wird es sich auf meine Chancen für einen Freispruch auswirken?«

»Ja.«

»Danke, Mr. Mason«, sagte sie. »Ich war nur neugierig, ob Sie das rundheraus zugeben oder mir mit unklaren Ausflüchten kommen würden. Sie brauchen mir nichts über die verbitterten alten Drachen zu erzählen, die so gern über ihre Geschlechtsgenossinnen zu Gericht sitzen.«

»Ich wollte Ihnen damit nur veranschaulichen«, entgegnete Mason, »daß es zuweilen peinlich werden kann, wenn eine junge Frau sich über die Konventionen hinwegsetzt.«

»Falls man ihr einen Mord vorwirft«, sagte Minerva.

»Was bei Ihnen der Fall ist.«

»Vielen Dank für die Lektion, Mr. Mason. Ich werde versuchen, ein braves Mädchen zu sein, wenn ich rauskomme. Wenigstens werde ich meinen Namen aus den Zeitungen halten.«

»Offensichtlich ist Ihnen nicht klar, was passieren wird. Sie geben einen ausgezeichneten Lesestoff ab. Weil man *Sie* des Mordes beschuldigt, werden die Auflagen vergriffen sein. Und wenn die Auflagen vergriffen sind, wird der Anlaß ganz groß herausgebracht.«

»Ganz groß?« fragte Minerva.

»Allerdings. Und damit kommen wir zu dem Bild, das ich der Öffentlichkeit von Ihnen zeichnen will: das Bild einer im Grunde recht sittsamen, jedoch höchst aktiven jungen Frau, die freimütig und impulsiv handelt, die manchmal mißverstanden wird; im Kern aber ist sie recht anständig.«

»Und dabei soll ich mitmachen?«

»Genau.«

»Zum Teufel damit«, protestierte sie. »Ich will meine Persönlichkeit nicht verändern, bloß um mir eine Mordanklage zu schaffen. Das ist Ihre Sache, Mr. Mason. Ich *bin* nicht sittsam und prüde, und ich denke nicht daran, mir diese Maske aufzusetzen, bloß weil es opportun ist.«

Mason seufzte, nahm seine Aktentasche und ging zur Tür. »Diese Einstellung habe ich bei Ihnen befürchtet«, sagte er.

»Na, dann sind Sie jetzt im Bilde.«

12

Richter Everson Flint blickte zum stellvertretenden Bezirksstaatsanwalt hin, der neben Hamilton Burger saß. »Die Anklagebehörde möge sich zu ihrem Ablehnungsrecht hinsichtlich der Geschworenen äußern«, begann er.

»Wir verzichten«, gab der Stellvertreter bekannt.

Richter Flint sah zum Verteidiger hinüber. »Will die Verteidigung von ihrem Ablehnungsrecht Gebrauch machen, Mister Mason?«

Perry Mason erhob sich mit einer Geste freundlicher Anerkennung, die mehr sagte als tausend Worte. »Die Verteidigung«, verkündete er, »ist voll und ganz mit den Geschworenen einverstanden.«

»Sehr wohl«, sagte Richter Flint. »Die Geschworenen sollen jetzt den Eid leisten.«

Der stellvertretende Staatsanwalt ahmte Masons Bewegung mit der ausgestreckten Linken grinsend nach. »Deswegen braucht man keine Rede zu halten«, bemerkte er.

Masons Lächeln in die Richtung der Anklagebehörde war bewußt aufreizend. »Warum tun Sie es dann?«

»Bemühen wir uns, ohne Anzüglichkeiten auszukommen, meine Herren«, vermittelte Richter Flint. »Die Geschworenen werden jetzt für die Verhandlung vereidigt.«

Nachdem die Jury den Eid geleistet hatte, begann Colton Parma, der stellvertretende Bezirksstaatsanwalt, auf ein Kopfnicken von Hamilton Burger hin mit der einleitenden Erklärung.

»Ich will meinen Eröffnungsvortrag sehr kurz fassen, wenn das Gericht erlaubt und auch Sie, meine Damen und Herren

Geschworenen. Wir wollen beweisen, daß die Angeklagte ein Vermögen von Harper Minden erbte. Sie hatte jedoch Grund zu der Annahme, daß es noch andere Verwandte von Harper Minden gab, die einen Anspruch auf den Nachlaß besaßen; insbesondere eine junge Frau namens Dorrie Ambler, die Tochter einer Tante. Die Schwester von Minervas Mutter war unverheiratet gestorben, und man nahm an, sie habe keine Nachkommen hinterlassen. Wir werden jedoch beweisen, daß die Angeklagte gemäß ihrer eigenen Aussage Unterlagen entdeckt hat, wonach Dorrie Ambler tatsächlich eine uneheliche Cousine war – mehr als das: nämlich, daß die Angeklagte und Dorrie Ambler *denselben Vater hatten.* Wir wollen den Sachverhalt nicht komplizieren, indem wir hier auf knifflige Gesetzesfragen eingehen. Wir möchten einfach die Tatsachen darlegen, so wie ich sie Ihnen erklärt habe, um Ihnen die Motive der Angeklagten zu veranschaulichen. Minerva Minden nahm am Abend des 6. September im *Montrose Country Club* an einer Tanzveranstaltung teil; dabei trank sie ziemlich stark. Sie bekam Streit mit ihrem Begleiter, beschloß sich von ihm zu trennen und verließ den Klub in heller Wut. Wir werden zeigen, daß die Angeklagte streitsüchtig, heftig und zuweilen ziemlich überheblich ist. Sie fand auf dem Parkplatz ein Auto, an dem der Schlüssel steckte. Es war ein Cadillac mit der Nummer WHW 694, der seinem Eigentümer in San Franzisko gestohlen worden war – was die Angeklagte zu diesem Zeitpunkt allerdings noch nicht wissen konnte. Sie sprang in diesen gestohlenen Wagen und fuhr ab; offenbar wollte sie nach Hause. An der Kreuzung Western Avenue und Hollywood Boulevard übersah sie dann ein Verkehrssignal und fuhr einen Fußgänger an. Einen Moment war sie unschlüssig, sprang aus dem Wagen, ging auf den verletzten Fußgänger zu, besann sich dann aber und stieg eiligst wieder ein, worauf sie in schnellem Tempo davonfuhr. Ich möchte ausdrücklich betonen, meine Damen und Herren Geschworenen, daß sämtliche Beweise für die Fahrerflucht oder für sonstige Gesetzesübertretungen seitens der Angeklagten von uns lediglich vorgebracht werden, um Ihnen die Hintergründe des gegenwärtigen Falles und das Motiv der Angeklagten vor Augen zu führen. Wir wollen Ihnen zeigen, daß die Angeklagte einen meisterhaften Plan ausklügelte, um sich der Verantwortung zu entziehen. Sie beauftragte eine Privatdetektei und suchte in einem Zeitungsinserat eine junge Frau von ganz bestimmtem Äußeren, der eine Anstellung geboten wurde. Die mit der Prüfung der Bewerberinnen beauftragten Personen sollten eine Frau aussuchen, die Minerva Minden möglichst ähnlich sah. Dorrie Ambler bewarb sich. Sie sah Miss Minden geradezu verblüffend ähnlich. Die überraschende Ähnlichkeit erweckte in der Erbin den Verdacht, Dorrie Ambler müsse mit ihr verwandt und, kurz gesagt, die uneheliche Tochter ihrer Tante sein. Wir gedenken Beweise vorzulegen, wonach die Angeklagte plante, Dorrie Ambler vor den Zeugen des Unfalls auf und ab gehen zu lassen, in der Hoffnung, Dorrie werde mit ihr verwechselt werden. Hätten die Zeugen erst einmal eine falsche Identifizierung vorgenommen, so meinte die Angeklagte, wäre sie selbst damit aus der Schußlinie. Als sie jedoch feststellte, wie stark Dorrie ihr ähnelte, kam der Angeklagten zum Bewußtsein, daß sie eine Folge von Ereignissen gekoppelt hatte, die sie nicht mehr kontrollieren konnte. Sie wußte, die Zeitungen würden sich auf diese Ähnlichkeit stürzen und in Kürze die nahe Verwandtschaft ermittelt haben. In dieser Lage nun fand sich die Angeklagte zur Verschwörung mit einem gewissen Dunleavey Jasper bereit, der ihr nachgespürt hatte, und als Ergebnis dieser Verschwörung ...«

»Moment mal«, schaltete Mason sich ein. »Wir unterbrechen ungern den Eröffnungsvortrag der Staatsanwaltschaft, aber der Ankläger zieht jetzt Beweismaterial aus anderen Straftaten heran, um bei der Jury ein Vorurteil zu erzeugen. Wir bezeichnen die Äußerungen als Formfehler und bitten das Gericht, den Staatsanwalt zu verwarnen und gleichzeitig die Geschworenen anzuweisen, jene Ausführungen nicht zu beachten.«

»Wir wissen absolut, was wir tun«, wandte Parma sich an Richter Flint. »Und wir bestehen auf dem vollständigen Protokoll. Wir sind berechtigt, Tatsachen eines jeden Verbrechens anzuführen, sofern sie das Mordmotiv der Angeklagten in diesem Prozeß erhellen.«

Richter Flint erklärte den Geschworenen: »Nach dem Gesetz kann ein Angeklagter, der wegen einer bestimmten Straftat vor Gericht steht, nicht auf Grund von Beweisen anderer

Straftaten als schuldig angesehen werden – es sei denn, diese Beweise deuten auf das Motiv. Da der Staatsanwalt versichert, das sei hier der Fall, ermahne ich Sie, die Beweismittel für irgendwelche anderen Straftaten, welche die Angeklagte angeblich begangen haben soll, nicht zu beachten. Sie wollen bitte jegliche Tatsachen unberücksichtigt lassen, die auf andere Straftaten der Angeklagten hinweisen – sofern sie nicht zur Begründung des Mordes an Marvin Billings dienen. Fahren Sie fort, Herr Staatsanwalt, und beschränken Sie Ihre Äußerungen bitte auf das Notwendigste.«

»Wir wissen genau, was wir tun, Euer Ehren«, wiederholte Parma. »Unsere Angaben sind und bleiben begrenzt. Beweise anderer Verbrechen werden ausschließlich vorgetragen, um das Motiv für den hier zur Verhandlung stehenden Mord aufzuzeigen.«

»Fahren Sie fort«, wiederholte Richter Flint.

»Ich bin fast am Ende, Euer Ehren«, erklärte Parma und wandte sich noch einmal an die Geschworenen. »Wir gedenken zu beweisen, daß Dunleavey Jasper den gestohlenen Wagen bei der Angeklagten aufspürte, daß die Angeklagte von Jaspers Vorstrafen erfuhr und auch, daß der Wagen tatsächlich gestohlen war; daß sie daraufhin mit Jasper die Entführung von Dorrie Ambler verabredete, um Dorrie als mögliche Anwärterin auf einen Teil des Mindenschen Nachlasses auszuschalten; daß sie Miss Ambler in Verruf bringen wollte, indem sie den Anschein erweckte, Miss Ambler sei die unfallflüchtige Fahrerin gewesen. Wir wollen ferner beweisen, daß der Privatdetektiv Marvin Billings – der Ermordete – im Lauf dieser Verschwörung alles herausfand. Dies läßt sich schon aus der Tatsache ableiten, daß Billings die Angeklagte erpressen wollte. Hätte Marvin Billings die beachtliche Ähnlichkeit der beiden Frauen nicht ebenfalls auf gleiche Abstammung zurückgeführt, hätte er nicht geglaubt, mit Dorrie Ambler zusammenarbeiten zu können, um einen Teil von Harper Mindens Nachlaß für sich herauszuholen – dann wäre dieser Mord niemals geschehen. Wir wollen nicht die Sache des Toten vertreten; der Sachverhalt wird Ihnen zeigen, daß er tatsächlich nach beiden Seiten lavierte. Wie verschlagen, wie niedrig er jedoch gehandelt haben mag – das Gesetz schützt ihn. Sein Leben war ein

Menschenleben. Seine Tötung war Mord. Marvin Billings wollte Dorrie Ambler zu Hause besuchen und traf in dem Moment ein, als Miss Ambler abwärts befördert wurde, in eine andere Wohnung in der darunterliegenden Etage. Billings läutete. Nach kurzem Zögern öffnete Miss Minden, die im Vertrauen auf ihre Ähnlichkeit mit Dorrie Ambler glaubte, die Situation durchstehen zu können. Anfangs ließ Billings sich täuschen. Als er aber länger mit Miss Minden sprach, wurde ihm der Bluff klar. Er versuchte sie zu erpressen. Da erschoß sie ihn. Kurz darauf läutete es abermals an der Tür. Wir werden beweisen, daß die Personen vor der Tür niemand anders waren als Perry Mason, der Strafverteidiger, und Paul Drake, ein Privatdetektiv. Die Verschwörer mußten das Apartment durch die Hintertür verlassen. Da sie annahmen, daß ihre Besucher diese Hintertür nicht kannten, schleppten sie rasch Matratzen aus dem Schlafzimmer durch das Wohnzimmer in die Kleinküche. Mit einem Küchentisch und den Matratzen verbarrikadierten sie die Tür. Als Mason und Paul Drake das Apartment wenig später betraten, fanden sie Marvin Billings im Sterben. Die Küchentür war auf eine Art versperrt, daß sie zunächst glaubten, sie werde von jemandem in der Küche zugehalten. Weiter hoffen wir zu beweisen, daß die unglückliche Dorrie Ambler, die zum Apartment 805 geschafft wurde, gegen ihren Willen eine Morphiumspritze erhielt und ...«

»Einen Augenblick bitte«, schnitt Mason ihm das Wort ab. »Wir müssen den Staatsanwalt hier erneut unterbrechen. Was mit Dorrie Ambler geschehen sein könnte, hat hier nichts zu suchen.«

»Es soll das Motiv zeigen«, sagte Parma.

»Das kann es aber nicht«, widersprach Mason, »weil es etwas ist, das nach dem Mord an Billings geschah.«

»Das scheint mir richtig«, entschied Richter Flint.

»Nun gut, wenn ich in meinen Beweisen beschränkt werden soll – ich werde diese Sache eben in meinem einleitenden Vortrag auslassen. Wir gedenken jedoch entsprechende Beweismittel einzuführen und werden bei der Zeugenvernehmung darüber entscheiden lassen.

Ich will Sie nicht mit Einzelheiten ermüden«, fuhr Parma fort. »Ich habe Ihnen den allgemeinen Sachverhalt geschildert, so daß Ihnen die Zeugenaussagen verständlicher sind. Sie werden das Geständnis eines der Teilnehmer an dieser Verschwörung hören, ebenso Eingeständnisse der Angeklagten selbst. Wir werden einen Urteilsspruch auf Mord aus niedrigen Beweggründen von Ihnen fordern. Jedoch was diese Verhandlung angeht, so brauchen Sie nur eine einzige Sache zu entscheiden.«

Parma hob den linken Zeigefinger. »Nur eine einzige Sache, meine Damen und Herren«, wiederholte er und ließ den Zeigefinger drohend wackeln, »nämlich: ob die Beweismittel ergeben, daß die Angeklagte des Mordes schuldig ist, des Mordes an Marvin Billings. Wir werden einen Schuldspruch von Ihnen verlangen, eine Verurteilung wegen Mordes aus niedrigen Beweggründen.«

Parma wandte sich um und schritt zu seinem Platz am Tisch der Anklagebehörde zurück.

»Möchten Sie eine einleitende Erklärung abgeben, Mr. Mason?« erkundigte sich Richter Flint.

»Nein«, antwortete Mason, »ich möchte lediglich das Gericht um Belehrung der Jury bitten, daß die Behauptung des Staatsanwalts juristisch ungenau war.«

»In welcher Hinsicht?« fragte der Richter.

Mason stand auf und hob die linke Hand mit ausgestrecktem Zeigefinger. »Es geht nicht nur um die Feststellung *einer* Tatsache, Euer Ehren, nämlich ob die Angeklagte schuldig ist. Es geht darum, *zwei* Dinge zu beweisen.«

Mason hob langsam und eindrucksvoll auch die Rechte und streckte den rechten Zeigefinger aus. »Es wird gefordert, die Schuld der Angeklagten so eindeutig zu beweisen, daß jeder berechtigte Zweifel ausgeschlossen ist. Ich meine, das Gericht sollte die Geschworenen auch hierauf hinweisen.«

»Nun, ich glaube doch, die Geschworenen wissen, daß die Schuld des Angeklagten stets über jeden berechtigten Zweifel hinaus bewiesen werden muß.«

»Andernfalls hat der Angeklagte ein Recht auf Freispruch«, sagte Mason.

»Das Gericht wird das in seine Belehrung einbeziehen«, versprach Richter Flint.

Mason ließ die Hände mit den ausgestreckten Zeigefingern langsam sinken und setzte sich.

Richter Flint unterdrückte ein Lächeln bei der geschickten Taktik Perry Masons, der auf seine einleitende Erklärung verzichtet und trotzdem einen wirkungsvollen Punkt gegen den Staatsanwalt erzielt hatte.

»Rufen Sie Ihren ersten Zeugen«, forderte der Richter den Staatsanwalt auf.

»Emily Dickson bitte in den Zeugenstand.«

Mrs. Dickson, eine recht attraktive Frau von Anfang Vierzig, leistete den Eid, gab Namen und Adresse an und setzte sich.

»Welche Tätigkeit übten Sie am 6. September aus?« fragte Parma.

»Ich war Verwalterin der Parkhurst Apartments.«

»Sie wohnten auch dort?«

»Ja.«

»Kannten Sie Dorrie Ambler zu Lebzeiten?«

»Moment bitte«, sagte Mason. »Ich darf das Gericht bitten, die Geschworenen zur Nichtbeachtung dieser Frage zu ermahnen und den Staatsanwalt wiederum wegen eines Formfehlers zu rügen. Ich protestiere gegen jede Äußerung, die auf Dorrie Amblers Tod schließen läßt. Dabei werden unbewiesene Tatsachen vorausgesetzt.«

»Ich habe nicht gesagt, daß sie tot ist«, widersprach Parma. »Ich habe die Zeugin lediglich gefragt, ob sie Dorrie Ambler zu Lebzeiten gekannt hat. Das ist eine durchaus erlaubte Frage, die ich über jeden Menschen stellen kann. Ebensogut hätte ich fragen können, ob die Zeugin *Sie* bei Lebzeiten kannte.«

»Aus Ihrer Frage muß aber gefolgert werden, daß die betreffende Person nicht mehr am Leben ist«, sagte Mason. »Und mir scheint, diese Formulierung war Absicht, um eben den Eindruck hervorzurufen.«

»Das ist allerdings anzunehmen«, stimmte Richter Flint zu. »Wir wollen hier kein Mißverständnis aufkommen lassen, meine Herren. Ich bin bereit, dem Vertreter der Anklage das Vorbringen von Beweisen für andere Straftaten zu gestatten, vorausgesetzt, daß solche Beweise unbedingt auf den gegenwärtigen Fall Bezug haben. Aber ich habe entschieden, daß keinerlei Beweismittel für eine Straftat einzuführen sind, die *nach* dem hier vorgebrachten Verbrechen begangen wurde.«

»Ich ziehe meine Frage zurück«, sagte Parma verärgert.

Richter Flint wandte sich der Jury zu. »Ich empfehle den Geschworenen, die letzte Frage und alle in ihr enthaltenen Andeutungen oder alle Überlegungen, die daraus entstanden sein mögen, nicht zu berücksichtigen. Ferner erkläre ich dem Vertreter der Anklage, daß ich die Verhandlung als ergebnislos abbrechen werde, falls weiterhin versucht wird, die Entscheidung des Gerichts zu umgehen.«

»Ich habe nicht versucht, die Entscheidung des Gerichts zu umgehen«, erklärte Parma hartnäckig.

»Nun«, bemerkte Richter Flint kühl, »Sie haben genügend Erfahrung, um die Wirkung Ihrer Frage zu kennen. Ich empfehle Ihnen, jetzt fortzufahren und dabei sehr vorsichtig zu sein.«

»Jawohl«, sagte Parma und wandte sich der Zeugin zu. »Kannten Sie Dorrie Ambler vor dem 6. September?«

»Ja.«

»Wie lange?«

»Ungefähr – na, schätzungsweise fünf bis sechs Monate.«

»Miss Ambler hatte eine Wohnung in den Parkhurst Apartments?«

»Ja.«

»Welche?«

»Nr. 907.«

»Jetzt frage ich Sie, ob Sie auch Apartment 805 vor dem 12. September vermieteten, und wenn ja, ob Sie den Namen des Mieters kennen.«

»Ich kenne ihn. Sein Name ist Dunleavey Jasper, aber damals gab er sich als William Camas aus.«

»Wann haben Sie ihm Apartment 805 vermietet?«

»Am 11. September.«

»Ich habe noch weitere Fragen an die Zeugin betreffs eines andern Vorgangs in dieser Sache«, sagte Parma. »Ich werde sie später wieder in den Stand rufen.«

»Bitte sehr«, wandte Richter Flint sich zu Mason. »Ihr Kreuzverhör.«

»Können Sie Dorrie Ambler beschreiben?« fragte Mason die Zeugin.

»Ja. Etwa fünfundzwanzig bis sechsundzwanzig Jahre alt ...«

»Augen?«

»Haselnußbraun.«

»Haarfarbe?«

»Kastanienbraun.«

»Allgemeine Erscheinung?«

»Sie war fast das genaue Ebenbild der Angeklagten hier, der Frau links neben Ihnen.«

»Aha, Sie bemerken die Ähnlichkeit, nicht wahr?« fragte Mason.

»Und zwar eine sehr auffallende Ähnlichkeit – verblüffend.«

»Haben Sie sich darüber schon einmal geäußert?«

»Gewiß habe ich das getan.«

»Wäre es möglich, die Angeklagte mit Dorrie Ambler zu verwechseln und umgekehrt?«

»Das wäre durchaus möglich.«

»Wann sahen Sie die Angeklagte zum erstenmal?«

»Im Vorführraum.«

»Und zu dem Zeitpunkt identifizierten Sie sie als Dorrie Ambler, nicht wahr?«

»Einspruch«, sagte Parma. »Unzulässig, unerheblich, ungeeignet. Kein ordnungsgemäßes Kreuzverhör.«

»Abgelehnt«, entschied Richter Flint in scharfem Ton.

»Also«, fuhr die Zeugin fort, »ich wurde aufgefordert, Minerva Minden herauszusuchen, und ich sagte ihnen ...«

»Was man *Ihnen* sagte, möchte ich wissen«, unterbrach Mason.

»Daß ich Minerva Minden heraussuchen sollte.«

»Und Sie erklärten darauf, Sie hätten Minerva Minden noch nie gesehen?«

»Ja.«

»Und man verlangte von Ihnen, eine Frau zu identifizieren, die Sie niemals gesehen hatten?«

»Ich sollte feststellen, ob sie Dorrie Ambler ähnelte.«

»Und dann sahen Sie die Angeklagte im Vorführraum?«

»Ja.«

»Und bemerkten ihre Ähnlichkeit?«

»Ja.«

»Wie stark war diese Ähnlichkeit?«

»Sehr auffallend.«

»Ich will meine Frage jetzt wiederholen«, sagte Mason. »Identifizierten Sie die Angeklagte als Dorrie Ambler?«

»Ich erhebe Einspruch, Euer Ehren«, wiederholte Parma.

»Abgelehnt.«

»Ja«, sagte die Zeugin, »das tat ich. Ich versicherte ihnen, die Frau im Vorführraum wäre Dorrie Ambler, und dann überzeugten sie mich ...«

»Ich will im Moment nicht wissen, wovon man Sie überzeugte«, unterbrach Mason. »Ich möchte zunächst feststellen, was geschah. Sie versicherten also, die Frau im Vorführraum sei Dorrie Ambler?«

»Zunächst, ja.«

»Oh, Sie nahmen zwei Identifizierungen vor?«

»Also, man wies mich an – na ja, wenn ich nicht erwähnen darf, was mir gesagt wurde ... Ich identifizierte sie zuerst als Dorrie Ambler und nachher als Minerva Minden.«

»Trotz der Tatsache, daß Sie Minerva Minden niemals gesehen hatten?«

»Aber ihr Bild.«

»Wo?«

»In den Zeitungen. So kam es nämlich, daß die Polizei sich überhaupt an mich wandte.«

»Woher wußte die Polizei, daß Sie Minerva Mindens Bild in den Zeitungen gesehen hatten?«

»Ich rief bei der Polizei an und sagte, das Bild von Minerva Minden in der Zeitung wäre in Wirklichkeit ein Bild von Dorrie Ambler, der ich das Apartment vermietet hatte.«

»Und dann suchte die Polizei Sie auf, um mit Ihnen zu sprechen?«

»Ja.«

»Wann hatte sich Dorrie Ambler bei Ihnen eingemietet?«

»Im Mai.«

»Und wieso wissen Sie, daß das damals nicht die Angeklagte war, Minerva Minden?«

»Weil ich sie zu der Zeit nicht kannte. Da hatte ich sie noch nie gesehen.«

»Sie gaben aber zu, die Angeklagte von Dorrie Ambler nicht unterscheiden zu können.«

»Oh, ich konnte es dann doch, Mr. Mason. Nachdem ich mir über die Ähnlichkeit klar war und die Angeklagte betrachtete, nahm ich eine zweite Identifizierung vor, wie ich Ihnen schon sagte. Nach genauerem Hinsehen habe ich erklärt, die Frau, die ich für Dorrie Ambler gehalten hatte, sähe ihr sehr ähnlich, wäre aber nicht Miss Ambler.«

»Zu diesem Zeitpunkt glaubten Sie fest, daß Miss Minden *nicht* die Person war, die das Zimmer gemietet hatte?«

»Absolut nicht.«

»Glaubten Sie das auf Grund von Angaben, die Ihnen von der Polizei gemacht wurden?«

»Nein. Ich habe mich selbst überzeugt.«

»Ich danke Ihnen«, schloß Mason. »Keine weiteren Fragen.«

»Sie können den Zeugenstand verlassen, Mrs. Dickson«, sagte Parma. »Ich rufe jetzt Leutnant Tragg zu einer sehr kurzen Vernehmung auf, nur zum Zweck einer Identifizierung.«

»Sehr wohl, Leutnant Tragg in den Zeugenstand«, bestimmte Richter Flint.

Tragg kam nach vorn, wurde vereidigt und gab an, er sei auf Grund eines Anrufs zur Wohnung 907 in den Parkhurst Apartments gefahren. Dort habe er einen Mann sterbend vorgefunden. Der Mann sei anschließend als der Privatdetektiv Marvin Billings identifiziert worden.

»Was geschah mit Mr. Billings?«

»Er starb.«

»Wann?«

»Auf dem Weg zum Krankenhaus. Bei Eintreffen war er tot, gestorben an einem Schuß in die Brust. Das war am 12. September.«

»Und wie lange hat die Ambulanz gebraucht, um ihn abzuholen?«

»Zehn oder höchstens fünfzehn Minuten.«

»Danke«, sagte Parma. »Sie können den Zeugen übernehmen.«

»Keine Fragen«, erwiderte Mason.

»Bitte Delbert Compton.«

Compton, ein stämmiger, intelligenter Mann Anfang der

Fünfzig, setzte sich im Zeugenstuhl zurecht und überblickte mit stahlharten, lauernden Augen den Gerichtssaal.

»Sie heißen Delbert Compton. Sie wohnen in dieser Stadt und sind zur Zeit und bereits seit einigen Jahren Juniorpartner und Manager der Detektei Billings & Compton?«

»Ja, Sir.«

»Ihnen obliegt zum größten Teil die Büroarbeit, während Ihr Partner, Marvin Billings, den Außendienst versah?«

»Jawohl, Sir.«

Bezirksstaatsanwalt Hamilton Burger erhob sich und sagte: »Wenn das Gericht erlaubt – mein Kollege scheint mit der Feststellung zu zögern, daß dieser Zeuge voreingenommen ist. Ich darf das Gericht um entsprechende Entscheidung und um die Erlaubnis bitten, Suggestivfragen stellen zu dürfen.«

»Er hat sich bisher nicht unsachlich verhalten«, erklärte Richter Flint. »Wenn dieser Punkt erreicht ist – falls er erreicht wird –, können Sie Ihren Antrag wiederholen. Ich habe ihn vorläufig zur Kenntnis genommen. Fahren Sie fort, Mister Parma.«

»Waren Sie am 6. September in dieser Stadt geschäftlich tätig?«

»Ja, Sir.«

»Wurden Sie im Laufe des September von der Angeklagten beschäftigt?«

»Nun – ich nehme es an – ja.«

»Wer beauftragte Sie?«

»Eine Vertreterin der Angeklagten, Henrietta Hull. Ich glaube, Mrs. Hull ist die Geschäftsführerin.«

»Was war der Zweck Ihrer Beschäftigung?«

»Ich wurde beauftragt, ein Inserat in die Zeitung zu setzen, mit dem ledige Frauen von bestimmtem Äußeren gesucht wurden.«

»Die Vergütung lag ziemlich hoch?«

»Tausend Dollar monatlich.«

»Was taten Sie dann?«

»Ich ließ eine Mitarbeiterin eine Suite in einem Hotel mieten und die Bewerberinnen prüfen.«

»Welche Anweisungen gaben Sie Ihrer Mitarbeiterin?«

»Einspruch«, sagte Mason. »Unzulässig, unerheblich, ungeeignet, Hörensagen; ein Gespräch, das in Abwesenheit der Angeklagten stattfand.«

»Stattgegeben«, entschied Richter Flint.

»In Ordnung, ich werde anders fragen. Welche Anweisungen gab Ihnen Henrietta Hull für Ihre Mitarbeiterin?«

»Darüber hat sie mir nichts gesagt.«

»Sie hat Ihnen nicht gesagt, was Sie tun sollten?« fragte Parma ungläubig.

»Das habe ich nicht behauptet. Ich sagte, daß sie mir keine Anweisungen für meine Mitarbeiterin gab.«

Parma blickte etwas ratlos zum Richter hin.

»Nun gut«, sagte Richter Flint. »Ich gebe Ihrem Antrag statt. Stellen Sie Suggestivfragen.«

»Ich will es so formulieren«, fuhr Parma fort. »Hat Henrietta Hull Sie nicht im Auftrag der Angeklagten angewiesen, eine wohldurchdachte Gelegenheit zum Testen von Bewerberinnen zu schaffen? Sagte sie Ihnen nicht, daß die Fähigkeiten der Bewerberinnen für ihre Annahme nicht ausschlaggebend seien? Daß Sie suchen sollten, bis eine junge Frau sich meldete, die einem Foto ähnelte, das Mrs. Hull Ihnen gab, und daß Sie eine Person einzustellen hätten, die diesem Foto am stärksten ähnelte?«

Der Zeuge zögerte lange.

»Beantworten Sie die Frage«, forderte der Richter ihn auf.

»Nun – ja.«

»Haben Sie nicht ein junges Mädchen namens Dorrie Ambler engagiert, und rief Dorrie Ambler Sie nicht täglich über eine Geheimnummer an, um sich Instruktionen zu holen?«

»Ja.«

»Meldeten Sie Henrietta Hull nicht, daß die von Ihnen eingestellte Bewerberin nicht allein wie die junge Frau auf dem Bild aussah, sondern daß sie die im Bild dargestellte Person selbst war?«

»Ja.«

»Behauptete Henrietta Hull nicht, dies sei unmöglich? Sagten Sie ihr nicht, sie solle sich selbst überzeugen, und Sie würden diese Frau an einer bestimmten Kreuzung zu bestimmter Zeit vorbeigehen lassen, damit Henrietta Hull sie heimlich beobachten und sich vergewissern konnte?«

»Ja.«

»Gab Henrietta Hull Ihnen dann nicht den Auftrag, die Verhältnisse dieser jungen Frau zu überprüfen?«

»Ja.«

»Und haben Sie nicht im Auftrag von Henrietta Hull diese Frau veranlaßt, den Hollywood Boulevard an der Western Avenue zu überqueren, um festzustellen, ob die Zeugin Mrs. Ella Granby sie vielleicht als die Person wiedererkennen würde, die bei dem Unfall am 6. September den Wagen steuerte?«

»Nein, nicht direkt.«

»Was meinen Sie mit ›nicht direkt‹?«

»Das alles habe ich ihr nicht gesagt.«

»Aber trugen Sie ihr nicht auf, am Hollywood Boulevard bei der Kreuzung Western Avenue hin- und herzugehen?«

»Nun – ja.«

»Und Ihnen alles zu melden, was geschah?«

»Ja.«

»Und sie berichtete Ihnen, daß eine Frau sie wiedererkannt hatte?«

»Ja.«

»Und haben Sie ihr dann nicht mitgeteilt, sie hätte den nächsten Tag frei und brauchte nichts mehr zu tun?«

»Ich kann mich an die Einzelheiten nicht erinnern, aber etwas in der Art geschah sicher.«

»Und alles im Auftrag von Henrietta Hull?«

»Gewiß.«

»Sie berichteten Henrietta Hull regelmäßig?«

»Ja.«

»Kreuzverhör«, blaffte Parma.

Mason fragte: »Woher wußten Sie, daß Henrietta Hull die Bevollmächtigte der Angeklagten war?«

»Sie sagte es mir.«

»Persönlich oder am Telefon?«

»Am Telefon.«

»Dann haben Sie Henrietta Hull niemals persönlich gesehen, stimmt das?«

»Das stimmt. Ich habe nur telefonisch mit ihr gesprochen.«

»Wurden Sie für Ihre Arbeit bezahlt?«

»Ja.«

»Haben Sie der Angeklagten hierfür eine Rechnung aufgemacht?«

»Nein.«

»Warum nicht?«

»Ich wurde im voraus bezahlt.«

»Wer bezahlte Sie?«

»Ich erhielt das Geld von Henrietta Hull.«

»In Form eines Schecks?«

»In Form von Bargeld.«

»Aber wenn Sie Henrietta Hull niemals getroffen haben, konnte sie Ihnen doch kein Bargeld geben.«

»Sie sandte es mir.«

»Auf welche Art?«

»Durch Boten.«

»Wieviel?«

»Dreitausendfünfhundert Dollar.«

»Haben Sie Dorrie Ambler persönlich gesehen?«

»Ja.«

»Und auch die Angeklagte?«

»Ja, kürzlich. Und ich sehe sie jetzt natürlich.«

»Besteht eine auffallende Ähnlichkeit zwischen Dorrie Ambler und der Angeklagten?«

»Eine frappierende Ähnlichkeit.«

Mason ließ den Zeugen nicht aus den Augen. »Es könnte also auch möglich sein, Mr. Compton«, sagte er, »daß Sie nicht von der Angeklagten, sondern von Dorrie Ambler beauftragt wurden.«

»*Was?*« rief der Zeuge überrascht.

»Dorrie Ambler«, fuhr Mason fort, »wollte einen Anspruch auf den Nachlaß Harper Mindens begründen. Sie wollte genügend Aufsehen erregen, um ihren Feldzug zu starten, und brauchte dazu die Zeitungen. Also rief sie bei Ihnen an, gab sich als Henrietta Hull aus und ...«

»Moment, Moment«, rief Parma dazwischen und sprang auf. »Dies alles setzt unbewiesene Tatsachen voraus. Hier stellt der Verteidiger eine Behauptung auf, gegen die ich protestiere ...«

»Ich ziehe die Frage zurück«, sagte Mason lächelnd, »und

will sie folgendermaßen stellen: Mr. Compton, *falls* Dorrie Ambler durch ihre bemerkenswerte Ähnlichkeit Aufsehen hätte erregen wollen, *falls* sie bei Ihnen angerufen, sich als Henrietta Hull ausgegeben und Sie beauftragt hätte, auf Grund des Zeitungsinserats eine Dorrie Ambler zu engagieren, wenn sie sich um die Stellung bewarb – gäbe es dann irgendwelche Tatsachen in diesem Fall, die eine solche Vermutung widerlegen würden?«

»Einspruch«, sagte Parma. »Die Frage ist suggestiv gestellt und verlangt vom Zeugen eine Folgerung. Dies ist kein ordnungsgemäßes Kreuzverhör, es setzt unbewiesene Tatsachen voraus.«

»Dem Einspruch wird stattgegeben«, entschied Richter Flint.

Mason, der sein Argument so angebracht hatte, daß die Geschworenen im Bilde waren, fragte den Zeugen lächelnd: »Sie wissen also nicht, ob die Person, mit der Sie am Telefon sprachen, Henrietta Hull war, nicht wahr?«

»Nein, Sir.«

»Haben Sie im Laufe Ihrer Tätigkeit Henrietta Hull einmal angerufen?«

»Nein, Sir. Sie rief immer mich an.«

»Warum riefen Sie nicht an?«

»Weil ich es nicht sollte. Sie sagte, sie würde mich anrufen.«

»Sie sollten also nicht bei ihr im Haus oder an ihrem Arbeitsplatz anrufen?«

»So lautete die Anweisung.«

»Von einer Person, die möglicherweise Dorrie Ambler oder irgendeine sonstige Frau gewesen sein konnte?«

»Ich protestiere! Suggestivfrage. Ungeeignet als Kreuzverhör«, schaltete Parma sich erneut ein.

»Stattgegeben.«

»Es war nur eine Stimme am Telefon«, räumte Compton ein.

»Und dieselbe Stimme meldete sich von Zeit zu Zeit bei Ihnen und instruierte Sie, was zu tun war?«

»Ja.«

»Und sagte Ihnen, wie Sie Dorrie Ambler einzusetzen hatten?«

»Ja.«

»Sie haben die Angeklagte vor ihrer Verhaftung nicht kennengelernt?« fragte Mason.

»Nein.«

»Sie führten niemals ein Telefongespräch mit ihr?«

»Nein.«

»Sie haben die Angeklagte nie angerufen, um festzustellen, ob sie von Henrietta Hull ermächtigt war, Ihnen ein solches Geschäft anzutragen, und Sie riefen auch Henrietta Hull niemals an?«

»Ganz recht.«

»Keine weiteren Fragen«, schloß Mason sein Kreuzverhör.

Hamilton Burger erhob sich. »Ich darf dem Gericht sagen, daß der nächste Zeuge zweifellos umstritten sein wird. Ich will ihn als nicht ganz einwandfrei bezeichnen. Dies soll indessen keine Rechtfertigung dafür sein, daß wir dem Zeugen gewisse Straffreiheit zusicherten. Wir ...«

»Einen Augenblick bitte«, unterbrach Mason und stand auf. »Ich darf diese Erklärung als ungeeignet in Gegenwart der Geschworenen bezeichnen. Dies ist nicht der richtige Zeitpunkt, Argumente vorzubringen oder Rechtfertigungsgründe dafür anzuführen, daß man irgendeinem Verbrecher Straffreiheit gewährte, nur um den Interessen der Staatsanwaltschaft zu dienen.«

»Halt, halt, meine Herren«, schritt Richter Flint ein. »Ich wünsche von keiner Seite Anzüglichkeiten, und es besteht kein Grund für irgendwelche Erklärungen. Wenn Sie noch einen Zeugen haben, Mr. Burger, dann rufen Sie ihn auf.«

»Sehr wohl«, antwortete Burger, lächelnd zur Jury gewandt – in dem Bewußtsein, daß seine Überlegungen dort wunschgemäß registriert wurden. »Rufen Sie Dunleavey Jasper herein.«

Dunleavey Jasper war ein recht schlanker junger Mann Anfang der Dreißig, dessen Gang den Eindruck des Schleichens erweckte. Er hob die Hand, wurde vereidigt und setzte sich.

»Sie heißen Dunleavey Jasper«, sagte Hamilton Burger. »Wo wohnen Sie, Mr. Jasper?«

»Im Bezirksgefängnis.«

»Sie befinden sich dort in Untersuchungshaft?«

»Ja.«

»Sie werden eines Verbrechens beschuldigt?«

»Ja.«

»Kennen Sie die Angeklagte?«

»Ja, Sir.«

»Wann lernten Sie sie kennen?«

»So um den 11. September herum.«

»Kannten Sie Dorrie Ambler bei Lebzeiten?«

»Moment bitte«, schaltete Richter Flint sich ein. »Ich habe über diese Sache schon einmal entschieden. Die Worte ›bei Lebzeiten‹ gehören nicht zur Sache. Ich weise die Geschworenen an, diesen Teil der Frage außer acht zu lassen. Die Frage lautet, Mr. Jasper, ob Sie Dorrie Ambler kannten.«

»Ja, Sir.«

»Wie wurden Sie mit ihr bekannt?«

»Das ist eine ziemlich lange Geschichte.«

»Antworten Sie nur, ganz gleich, wie lange das dauert. Wie lernten Sie Dorrie Ambler kennen?«

»Sie stahl meinen Fluchtwagen.«

Den Zuhörern im Saal schien der Atem zu stocken. Die Geschworenen rückten in ihren Stühlen nach vorn.

»Wollen Sie das bitte wiederholen?« sagte Hamilton Burger.

»Sie stahl meinen Fluchtwagen.«

»Was für ein Wagen war das?«

»Ein Cadillac, Zulassungsnummer WHW 694.«

»Und das war Ihr Fluchtwagen?«

»Mein Partner und ich wollten ihn zu diesem Zweck benutzen. Er gehörte uns nicht.«

»Woher hatten Sie ihn?«

»Wir hatten ihn in San Franzisko gestohlen.«

»Wer war dieser Partner, den Sie erwähnten?«

»Ein Mann mit Namen Barlowe Dalton.«

»Und Sie sagen, es handelte sich um einen Fluchtwagen?«

»Jawohl, Sir.«

»Wo befand er sich, als er Ihnen abgenommen wurde?«

»Vor dem *Montrose Country Club.*«

»Und warum bezeichnen Sie ihn als Fluchtwagen?«

»Weil mein Partner und ich vorhatten, uns in die Damengarderobe einzuschleichen, ein paar Pelzmäntel, Geldbörsen und sonstiges von Wert einzusacken und Leine zu ziehen.«

»Und was geschah?«

»Eine Frau stahl unseren Wagen.«

»Können Sie das näher erklären?«

»Diese Frau war bei der Tanzparty und ziemlich betrunken. Sie bekam Krach mit ihrem Begleiter, ließ ihn sitzen und sprang in unsern Fluchtwagen, der da mit laufendem Motor stand. Sie fuhr damit weg.«

»Was taten Sie daraufhin?«

»Na, da gab's nur eins – wir mußten den Wagen finden.«

»Warum?«

»Weil über zehntausend Dollar in bar im Handschuhfach steckten.«

»Und woher stammte dieses Geld?«

»Wir hatten eine Bankfiliale in Santa Maria überfallen und ungefähr achtzehntausend Piepen kassiert. Zehntausend lagen verpackt im Handschuhfach. Den Rest hatten wir aufgeteilt und bei uns, so an die drei- bis viertausend Dollar jeder.«

»Das war also gestohlenes Geld?«

»Richtig.«

»Und welche Nennwerte hatten die Scheine im Handschuhfach?«

»Es waren alles Hundertdollarscheine. Das andere Geld, lauter kleinere Noten, hatten wir bei uns: Zwanziger, Zehner, auch ein paar Fünfziger; aber die zehntausend konnten ja heiß sein.«

»Wieso heiß?«

»Falls die Bank ihre Seriennummern hatte.«

»Weiter bitte.«

»Wir mußten also den Wagen finden und forschten über unsere Kontaktleute nach. Dabei erfuhren wir, daß der Wagen an einem Unfall mit Fahrerflucht beteiligt gewesen war. Und dann bekamen wir einen Tip, daß er in Dorrie Amblers Garage stand. Wir fanden ihn, aber das Geld war weg. Also fingen wir an, Dorrie Ambler zu beschatten.«

»Gelang Ihnen das?« fragte Burger.

»Ja. Wir hatten zunächst einige Schwierigkeiten, aber dann beschatteten wir sie ein paar Stunden.«

»Wohin ging sie? Und wann?«

»Einspruch, da unzulässig, unerheblich und ungeeignet«, sagte Mason.

»Wir werden einen Zusammenhang aufzeigen, Euer Ehren«, versicherte Burger.

»Der Einspruch ist abgelehnt.«

»Sie ging ins Büro von Perry Mason«, antwortete der Zeuge.

»Und dann?« fragte Burger, während die Geschworenen sich gespannt vorbeugten.

»Und von da zum Flughafen, wo sie wartete, bis die Angeklagte im Frauenwaschraum verschwand. Da sprang sie auf, ging zum Zeitungskiosk, rief: ›Dies ist *kein* Überfall!‹, und schoß einen Revolver dreimal ab. Danach rannte sie in den Frauenwaschraum.«

»Was geschah weiter?« fragte Burger.

»Kurz darauf kam die Angeklagte heraus und wurde verhaftet. Zuerst konnte sie uns bluffen, aber die Stimmen waren verschieden. Also warteten wir, bis die Polizei die Angeklagte mitgenommen hatte. Und tatsächlich kam Dorrie Ambler aus dem Waschraum. Inzwischen trug sie einen Mantel, der ihre Kleidung verdeckte, und eine dunkle Brille.«

»Was taten Sie darauf?« fragte Burger.

»Wir folgten Dorrie Ambler zu ihrer Wohnung. Inzwischen hatten wir erfahren, daß die andere Frau, die von der Polizei verhaftet wurde, die reiche Erbin Minerva Minden war; also kamen wir auf die Idee, daß uns da ein dicker Fisch vor der Nase herumschwamm.«

»Was unternahmen Sie?«

»Wir warteten ab, bis die Angeklagte gegen Kaution auf freiem Fuß war, und dann nahmen wir Kontakt mit ihr auf.«

»Wo trafen Sie sich?«

»In einer Cocktailbar, die sie vorschlug.«

»Und was geschah dort?«

»Wir hatten ein Gespräch mit ihr, wobei wir versuchten, sie auf irgendwas festzunageln – irgendwas, womit wir eine Erpressung starten konnten. Aber sie war zu schlau für uns.«

»Wie meinen Sie das?«

»Sie machte uns den Vorschlag, wir sollten lieber zur Polizei gehen, wenn wir meinten, mit ihr wäre was nicht in Ordnung.«

»Was taten Sie darauf?«

»Na, die Polizei herumschnüffeln zu lassen, konnten wir uns natürlich nicht leisten; sie hatte bald heraus, daß wir zwei ziemlich scharfe Torpedos waren. Als nächstes schlug *sie* uns ein Geschäft vor.«

»Was für ein Geschäft?«

»Sie wollte Dorrie Ambler kidnappen lassen. Fünfundzwanzigtausend Dollar bot sie uns für den Job.«

»Nannte sie einen Grund dafür?«

»Ja.«

»Welchen?«

»Dorrie Ambler hätte in den Zeitungen ihre Bilder gesehen und wollte die Ähnlichkeit ausnutzen, um abzukassieren, indem sie behauptete, sie wäre die Tochter ihrer Tante, und sie hätten beide denselben Vater. Sie sagte, Dorrie wäre eine clevere Person und würde allerhand auf die Beine stellen, damit man die beiden Frauen verwechselte. Hinter Dorrie Ambler stünde ein Mann mit einem Haufen Geld, der eine Sensation aus der Sache machen wollte. Und dann würde es ein teures Vergnügen, Dorrie rauszukaufen. Dann erzählten wir der Angeklagten, daß Dorrie zehn Mille geklaut hätte, die uns gehörten, und daß wir die zurückhaben müßten. Eins kam zum andern, und schließlich fragte die Angeklagte, ob wir Dorrie – na ja, ob wir sie verschwinden lassen könnten.«

»Was antworteten Sie darauf?«

»Wir sagten, das könnten wir, wenn der Preis in Ordnung wäre. Na, sie bot uns zwanzig Mille, worüber wir nur lachen mußten. Allmählich ging sie bis fünfzigtausend hoch – zuzüglich fünftausend Anzahlung als Garantie für ihre Ehrlichkeit.«

»Weiter«, drängte Hamilton Burger. »Was geschah dann?«

»Wir fingen an, Pläne zu machen.«

»Sofort?«

»Ja, Sir, noch im selben Gespräch.«

»Wenn Sie sagen, ›wir‹ fingen an Pläne zu machen – wen meinen Sie damit genau?«

»Na, die Angeklagte, also Minerva Minden, meinen Partner Barlowe Dalton und mich.«

»Und was taten Sie?«

»Sie gab uns die fünf Mille und sagte, wir sollten uns so schnell wie möglich an die Arbeit machen. Also gingen wir zu den Parkhurst Apartments; das heißt, *ich* ging und peilte die Lage.«

»Und was beschlossen Sie?«

»Als erstes nahmen wir Kontakt mit der Verwalterin auf, um zu sehen, ob im achten oder neunten Stock eine Wohnung leerstand. Wir wollten einen Platz in nächster Nähe als Basis.«

»Was fanden Sie heraus?«

»Im achten Stock stand eine Wohnung leer – Nr. 805. Sie lag dicht an der Treppe und fast genau unter Apartment 907, wo diese Dorrie Ambler wohnte.«

»Sie mieteten das Apartment?«

»Ja, Sir. Ich erzählte der Managerin, daß ich ein Apartment brauchte und 805 so ungefähr für das richtige hielt; meine Frau sollte es sich aber noch ansehen; sie käme aus San Franzisko herunter, wo sie bei ihrem kranken Vater wäre, und es würde noch einen Tag oder so dauern. Ich schlug ihr hundert Dollar für drei Tage Option auf die Bude vor; dann würde meine Frau sich das ansehen, und wenn's ihr zusagte, wollte ich den Vertrag machen und die erste und letzte Monatsmiete zahlen.«

»Unter welchem Namen traten Sie auf?«

»Als William Camas.«

»Und auf dieser Grundlage erhielten Sie einen Schlüssel zu dem Apartment?«

»Ja, Sir.«

»Was taten Sie daraufhin?«

»Wir machten mit Miss Minden ab, daß sie direkt nach dem Gerichtsverhör am nächsten Tag zum Apartmenthaus fahren sollte. Da wollten wir das Unternehmen dann starten und Dorrie Ambler loswerden.«

»Jetzt sagen Sie, Sie wollten sie ›loswerden‹. Meinen Sie damit – nun, *was* meinen Sie?«

»Zum Schluß stellte sich heraus, daß wir sie beseitigen sollten, aber zuerst war nur von Kidnappen die Rede.«

»Also gut, wie ging es weiter?«

»Die Angeklagte wollte, wie gesagt, gleich nach ihrer Gerichtsverhandlung zu uns kommen.«

»Warum gerade dann?«

»Na, sie meinte, zu der Zeit wäre sie frei von Schatten und Reportern und all dem. Ihr Anwalt würde sie aus dem Gericht zu seinem Wagen mitnehmen und ein paar Blocks weiter bis zu der Stelle fahren, wo sie ihren Wagen abgestellt hatte; er würde ihr bestimmt raten, sich versteckt zu halten, wahrscheinlich zu Hause. Aber sie wollte sich mit uns treffen. Sie sagte, falls etwas schiefgehen sollte, könnte sie ja an die Wohnungstür gehen, sich als Dorrie Ambler ausgeben und mögliche Geräusche oder Erschütterungen hinwegerklären. In der Beziehung würden wir gar kein Risiko eingehen.«

»Gut. Was passierte dann?«

»Wir konnten Dorrie Ambler in der Küche schnappen. Wir klopften an die Hintertür und sagten, wir hätten was abzugeben. Sie machte uns auf, und in dem Moment hatten wir sie auch schon.«

»Was taten Sie?«

»Wir stopften ihr einen Knebel in den Mund, drückten ihr ein Schießeisen in den Rücken und scheuchten sie die Hintertreppe runter ins Apartment 805. Da verpaßten wir ihr eine Morphiumspritze und setzten sie außer Gefecht.«

»Und weiter?«

»Kurz danach erschien die Angeklagte. Sie sagte, wir sollten auf schnellstem Wege verschwinden; Dorrie Ambler wäre bei Perry Mason gewesen, und wir hätten nicht viel Zeit. Mason würde nicht lange fackeln. Aber wir erinnerten sie an unsere zehntausend Dollar. Danach krempelten wir buchstäblich die ganze Wohnung um.«

»Fanden Sie das Geld?«

»Nein ... Das heißt, ich glaube nicht.«

»Was wollen Sie damit sagen?«

»Na ja, mein Partner Dalton benahm sich immerhin etwas seltsam. Mir kam hinterher die Idee, er hätte die Moneten vielleicht doch gefunden, sie in die eigene Tasche gestopft und getan, als wenn nichts wäre. Auf die Art hätte er den ganzen Zaster für sich allein gehabt, anstatt halbe-halbe zu machen.«

»Sie wissen aber nicht bestimmt, daß er das Geld fand?«

»Nein, Sir. Ich weiß bloß, daß *ich* es nicht fand.«

»Schön. Was geschah weiter?«

»Dann sagte ich der Angeklagten, wir sollten lieber unsern Rückzug decken, falls uns was in die Quere käme.«

»Was taten Sie?«

»Ich fing an, die Küchentür zu verrammeln; also die Tür zwischen Küche und Wohnzimmer, so daß wir selber sie aufmachen, aber jeden aufhalten konnten, der zur Vordertür reinkam. Und genau da schellte es, und draußen stand dieser Mann.«

»Welcher Mann?«

»Dieser Detektiv, der umgebracht wurde. Marvin Billings.«

»Aha. Weiter bitte.«

»Ich bin schon ein bißchen zu weit mit meiner Geschichte. Die Angeklagte war auch dabei, das Apartment zu filzen, weil sie was suchte. Was das war, erwähnte sie nicht, aber jedenfalls fand sie einen Revolver vom Kaliber zweiundzwanzig.«

»Einen Revolver?«

»Genau. Sie sagte, jetzt wollte sie Dorrie Ambler mal den Unterschied beibringen zwischen Bleikugeln und Platzpatronen.«

»Und dann?«

»Dann kommen wir zu der Sache, wovon ich eben schon erzählt habe. Die Türglocke läutete, und dieser Marvin Billings war da. Die Angeklagte ging zur Tür und wollte ihn abwimmeln.«

»Weiter.«

»Er drängte sich einfach rein und sah natürlich sofort die Unordnung, die wir beim Filzen verursacht hatten. Er wollte wissen, was da los war, und die Angeklagte, die sich als Dorrie Ambler ausgab, erklärte ihm, bei ihr wäre wohl jemand eingebrochen. Daraufhin versuchte Billings, die Zange bei ihr anzusetzen.«

»Was heißt das nun wieder?« fragte Burger.

»Na, er wollte sie ausnehmen, erpressen.«

»Wo waren Sie zu dem Zeitpunkt?«

»Im Schlafzimmer.«

»Hat Billings Sie gesehen?«

»Nein, er konnte nicht. Ich stand hinter der Tür.«

»Wie ging es weiter?«

»Billings erzählte der Angeklagten, er wüßte, was sie vorhätte. Er glaubte natürlich mit Dorrie zu sprechen . . .«

»Was er Ihrer Ansicht nach glaubte, tut nichts zur Sache«, unterbrach Hamilton Burger den Zeugen würdevoll, um den Eindruck absoluter Fairneß und Unparteilichkeit zu erwecken. »Sie können lediglich bezeugen, was *Sie* in Gegenwart der Angeklagten sahen und hörten.«

»Also, er sagte zur Angeklagten, daß er wüßte, was sie vorhätte, daß sie eine Gaunerin wäre und sich einen besseren Manager zulegen sollte. Er wäre jetzt mit drin und wollte an der Beute beteiligt werden, er wäre nicht von gestern, und – na ja, da sagte sie . . .«

»Wen meinen Sie jetzt mit ›sie‹?«

»Minerva Minden, die Angeklagte.«

»Gut. Was sagte sie?«

»Sie sagte: ›Vielleicht sind Sie nicht von gestern, aber morgen sind Sie nicht mehr.‹ Und dann hörte ich, wie ein Schuß krachte und ein Körper zu Boden ging.«

»Wie verhielten Sie sich?«

»Ich rannte hin und rief: ›Sie haben ihn erschossen!‹ Und sie sagte: ›Natürlich habe ich ihn erschossen. Dieses Schwein hätte uns allesamt fertiggemacht. Aber mir werden sie das nicht anhängen. Hier ist Dorrie Amblers Wohnung, und sie wird's auslöffeln müssen.‹«

»Und dann?«

»Na, dann beugte ich mich über ihn und sagte, der Kerl wäre noch gar nicht mal tot, und sie meinte: ›Das werden wir schon hinkriegen.‹ Sie hob den Revolver, ließ ihn aber wieder sinken und grinste plötzlich. ›Nein, noch besser ist‹, sagte sie, ›wir lassen ihn wieder zu Bewußtsein kommen, gerade so lange, bis er seine Geschichte erzählt hat. Er glaubt ja, Dorrie Ambler hätte auf ihn geschossen. Das wäre die Erklärung für Dorries Verschwinden. Jeder wird denken, sie hätte diesen Burschen umgebracht und wäre anschließend verduftet.‹«

»Das sagte die Angeklagte?« fragte Hamilton Burger.

»Ganz recht. Und von dem Moment an war sie mächtig eingenommen von sich. Kam sich vor, als wenn sie ein tolles Stück Arbeit geleistet hätte.«

»Und was geschah dann weiter?«

»Sofort danach klingelte es wieder, und ich schnappte die andere Matratze und schleifte sie in die Küche. Wir bauten einen Tisch gegen die Tür und dazwischen die Matratzen, so daß die Küchentür verbarrikadiert war. Dann warteten wir, was passieren würde, und da ging bei der Miss die Panik los. Sie wollte die Treppe runterlaufen. Ich klatschte ihr eine, und sie fing an zu kreischen. Ich mußte sie greifen und ihr den Mund zuhalten.«

»Warum?« fragte Burger.

»Weil jemand an der Tür war und wir nicht zum Lift konnten. Unser Fluchtweg war abgeschnitten. Wir mußten die Treppe runter. Natürlich wollte ich nicht, daß die Leute zur Hintertür herumliefen und uns da schnappten. Also mußte ich sicherstellen, daß sie drin im Apartment standen, ehe wir uns durch die Hintertür absetzten. Und dieses Warten hielt die Miss nicht durch.«

»Und weiter?«

»Ich ließ also die Hintertür offen.«

»Wo war Ihr Partner, Barlowe Dalton, zu der Zeit?«

»Unten in Nr. 805 und paßte auf Dorrie Ambler auf.«

»Was geschah dann?«

»Die Leute an der Tür entpuppten sich als Perry Mason und sein Detektiv Paul Drake. Ich wartete ab, bis sie ins Apartment durchgebrochen waren. Dann zischte ich mit der Angeklagten ab durch die Hintertür und die Treppen runter. In Apartment 805 gingen wir in Deckung – bei Barlowe Dalton und Dorrie Ambler. Die war ja inzwischen bewußtlos.«

»Erzählen Sie weiter«, drängte Hamilton Burger. »Was dann?«

»Na, wir gingen da erst mal in Quartier. Die ganze Gegend wimmelte von Polypen. Wir rührten uns nicht, und Sie können mir glauben, ich stand Todesängste aus. Ich sagte der Miss, wenn die Polypen das Haus durchsuchen und uns da finden würden, gingen wir allesamt in die Gaskammer; sie hätte gar kein Recht gehabt, diesen Knaben umzubringen!«

»Was erwiderte sie darauf?«

»Mittlerweile hatte sie wieder Mut gefaßt. Ich wäre ein Angstmeier, sagte sie und lachte bloß. Und dann holte sie Karten raus und wollte mit uns Poker spielen.«

»Weiter.«

»Na, wir hingen so bis ziemlich spät herum. Schließlich sagte die Miss, sie wollte Dorrie Amblers Klamotten anziehen und nachsehen, ob die Luft rein wäre. Wir sollten aus dem Fenster sehen, und wenn sie mit ihrem am Randstein geparkten Wagen ein paarmal blinken würde, wären keine Polypen in der Nähe, und wir könnten Dorrie rausbringen.«

»War Dorrie Ambler zu dem Zeitpunkt bei Bewußtsein?«

»Ja, aber noch groggy. Wir überzeugten sie, daß ihr nichts passierte, wenn sie genau tat, was wir sagten.«

»Wie verlief die Sache?«

»Die Miss ging also raus und ließ uns einen .38er Revolver da.«

»Sprachen Sie später über die anschließenden Ereignisse mit ihr?«

»Ja, sie erzählte mir am nächsten Tag davon.«

»Was sagte sie Ihnen?«

»Sie sagte, wie das Glück es so wollte, wäre sie gerade in den Lift gestiegen, als schon eine Frau mit Hund drin war, die von oben kam. Die Frau hätte sich benommen, als wenn sie bekannt wären, aber die Angeklagte hätte ihr den Rücken zugedreht und ganz vorn am Lift gestanden, immer darauf gefaßt, daß die Frau sie ansprechen würde. Sie sagte, der Hund müßte Dorrie Ambler gekannt haben, weil er Dorries Kleidergeruch mitkriegte, an ihrem Rock und Bein schnüffelte und mit dem Schwanz wedelte. Und dabei wäre ihr ziemlich mulmig gewesen.«

»Und was tat die Angeklagte dann?«

»Ich sah im Apartment aus dem Fenster. Sie fuhr mit ihrem Wagen zur verabredeten Stelle und blinkte. Da wußten wir, daß die Luft rein war und brachten Dorrie Ambler runter.«

»Was geschah mit Dorrie Ambler?«

»Das weiß ich nicht aus eigener Anschauung. Ich weiß nur, was Barlowe Dalton mir erzählt hat.«

»Sie blieben nicht bei Barlowe Dalton?«

»Nein, es war abgemacht, daß er sich um Dorrie kümmern sollte; ich selbst ging mit einem Öllappen durch das Apartment und wischte alles ab, wo Fingerabdrücke sein konnten ... Übrigens hatten wir das auch in Dorrie Amblers Apartment so gemacht. Wir trugen zwar alle Handschuhe, aber ich ging noch mal mit dem Lappen über die Sachen und putzte Abdrücke weg.«

»Ich will Ihnen jetzt eine Frage stellen«, sagte Hamilton Burger, »die Sie mit ja oder nein beantworten können. Berichtete Barlowe Dalton Ihnen, was er mit Dorrie Ambler gemacht hatte?«

»Ja.«

»Haben Sie anschließend die Polizei davon verständigt? Bedenken Sie jetzt, daß ich keine Antwort vom Hörensagen wünsche. Ich frage Sie nicht, was Barlowe Dalton Ihnen erzählt hat. Ich frage lediglich, was Sie taten.«

»Ja. Ich nahm Verbindung mit der Polizei auf.«

»Mit wem dort?«

»Leutnant Tragg.«

»Und was sagten Sie ihm? Ich will jetzt nicht den Inhalt Ihrer Meldung an Leutnant Tragg wissen; umschreiben Sie nur, was Sie ihm bezüglich Barlowe Daltons Bericht mitteilten.«

»Ich sagte ihm, was Barlowe Dalton mir berichtet hatte.«

»Wo befindet sich Barlowe Dalton jetzt?«

»Er ist tot.«

»Wann und wie starb er?«

»Am zwanzigsten, bei einem Überfall. Er wurde von einem Polizisten erschossen.«

Hamilton Burger wandte sich mit einer Verbeugung zu Perry Mason. »Sie können den Zeugen übernehmen«, sagte er.

Minerva Minden ergriff Mason am Ärmel und zog sich bis dicht an sein Ohr heran. »Nichts als Lügen«, flüsterte sie, »absolut gemeine Lügen. Ich habe diesen Mann noch nie im Leben gesehen.«

Mason nickte, stand auf und ging auf den Zeugen zu.

»Woher wissen Sie, daß Barlowe Dalton tot ist?« fragte er.

»Ich habe gesehen, wie er umkam.«

»Wo waren Sie da?«

»Ich stand neben ihm.«

»Bewaffnet?«

»Einspruch, kein ordnungsgemäßes Kreuzverhör«, fuhr Hamilton Burger dazwischen. »Unzulässig, unerheblich, ungeeignet.«

»Abgelehnt«, entschied Richter Flint in scharfem Ton.

»Waren Sie bewaffnet?« wiederholte Mason.

»Ja.«

»Was taten Sie mit Ihrer Waffe?«

»Ich ließ sie zu Boden fallen.«

»Und die Polizei fand sie?«

»Ja.«

»Wo befand sich Ihr Partner, als er erschossen wurde?«

»Beim ›Acme‹-Supermarkt.«

»Uhrzeit?«

»Gegen zwei Uhr morgens.«

»Und was taten Sie dort?«

»Einspruch, kein vorschriftsmäßiges Kreuzverhör«, schaltete Burger sich wiederum ein. »Unzulässig, unerheblich, ungeeignet; es wird nach Tatsachen gefragt, die im direkten Verhör nicht zur Sprache kamen.«

»Abgelehnt.«

»Mein Partner und ich hatten den Laden überfallen«, antwortete Dunleavey Jasper.

»Ihr Partner wurde getötet, Sie selbst wurden verhaftet?«

»Ja.«

»Und wie lange nach Ihrer Einlieferung ins Gefängnis meldeten Sie der Polizei alle Ihnen bekannten Tatsachen über die Angeklagte und Dorrie Ambler?«

»Gar nicht lange danach. Wissen Sie, mein Gewissen machte mir zu schaffen wegen dieses Mordes und der Sache, die mit Dorrie Ambler passiert war. Ich mußte dauernd daran denken.«

»Wann haben Sie der Polizei schließlich die ganze Geschichte berichtet?«

»Das war – na, ein paar Tage später.«

»Sie waren bei einem Einbruchsdiebstahl auf frischer Tat überrascht worden?«

»Ja, Sir.«

»Wurden Sie schon früher wegen eines Verbrechens verurteilt?«

»Ja, Sir.«

»Wie oft?«

»Dreimal.«

»Wegen welcher Verbrechen?«

»Schwerer Raub, schwerer Diebstahl, Einbruchsdiebstahl.«

»Sie wußten, daß Ihnen als Gewohnheitsverbrecher lebenslänglich drohte?«

»Moment«, unterbrach Hamilton Burger, »ich protestiere. Unzulässig, unerheblich, ungeeignet. Kein ordnungsgemäßes Kreuzverhör.«

»Ich versuche lediglich, Voreingenommenheit und Beweggründe bei dem Zeugen aufzuzeigen«, sagte Mason. »Der Zusammenhang wird sich bei meiner nächsten Frage ergeben.«

»Der Zweck Ihres Verhörs scheint mir deutlich zu sein«, entschied Richter Flint. »Ich lehne den Einspruch ab.«

»Ja«, antwortete der Zeuge auf die Frage.

»Sie wußten auch, daß auf Entführung die Todesstrafe steht?«

»Unter gewissen Umständen, ja.«

»Es war Ihnen klar, daß Sie sich mit der Angeklagten zur Begehung eines Mordes verabredet hatten?«

»Ja.«

»Und ebenso zu einer Entführung?«

»Ja.«

»Sie wußten, daß Sie sich bei der Ermordung von Marvin Billings der Begünstigung schuldig gemacht hatten?«

»Na ja, das hatte ich wohl.«

»Und Sie saßen erheblich in der Klemme, als die Polizei Sie verhörte.«

»Ja.«

»Boten Sie nicht schließlich an, ein Verbrechen zu gestehen, um dessen Aufklärung man sehr bemüht war – sofern Ihnen in den anderen Dingen Straffreiheit zugesichert wurde?«

»Nicht direkt.«

»Wie meinen Sie das?«

»Mir wurde gesagt, ich sollte lieber reinen Tisch machen und mich auf Gnade oder Ungnade ausliefern. Die haben mir von sich aus erzählt, sie hätten das ganze Material gegen mich, womit mir als Gewohnheitsverbrecher lebenslänglich sicher war. Und sie wollten dafür sorgen, daß ich jede Minute davon absitzen mußte, wenn ich nicht spurte und ihnen beim Aufklären von ein paar Verbrechen half.«

»Und so nahm denn das Gespräch eine andere Wendung, nicht wahr?« fragte Mason. »Sie erkundigten sich, wie es Ihnen ergehen würde, falls Sie den Beamten bei der Aufklärung eines Mordes halfen.«

»So ähnlich war's wohl.«

»Sagten Sie nicht Leutnant Tragg, Sie könnten einiges für die Polizei tun, wenn man Ihnen für Ihre Rolle bei dem Verbrechen Straffreiheit zusicherte, ebenso wie für den Überfall im Supermarkt? Stimmt das nicht?«

»Ich glaube, das habe ich zur Sprache gebracht, ja.«

»Das ist auch der Punkt, auf den ich hinaus will«, sagte Mason. »Ihr Gewissen ließ Sie keineswegs urplötzlich handeln. Sie beschlossen ein kleines Geschäft zu tätigen, bevor Sie Ihr Gewissen sprechen ließen.«

»Ich wollte der Polizei nicht verraten, was ich wußte, wenn ich keine Straffreiheit bekam. Natürlich hatte ich nicht die Absicht, meinen Kopf in die Schlinge zu legen, bloß um der Polizei gefällig zu sein.«

»Und Sie erhielten tatsächlich Straffreiheit zugesichert?«

»Gewissermaßen.«

»Moment«, sagte Mason, »frischen wir Ihr Gedächtnis ein wenig auf. War es nicht ein bedingtes Versprechen für Straffreiheit? Sagte der Staatsanwalt Ihnen nicht in Wirklichkeit, er könne Ihnen keine Straffreiheit gewähren, bevor er Ihren Bericht gehört hätte? Sagte er nicht, falls durch Ihre Geschichte ein Mord bewiesen und der Mörder vor Gericht gestellt würde, *dann* erhielten Sie Straffreiheit – vorausgesetzt, Ihre Aussage wäre von wesentlicher Hilfe?«

»Ja, so etwas in der Art.«

»Danach haben Sie geangelt.«

»Ja.«

»Und das haben Sie sich eingefangen.«

»Ja.«

»Wie Sie also hier auf der Bank sitzen«, sagte Mason, auf den Zeugen deutend, »sind Sie eines Verbrechens schuldig, das bei Ihren Vorstrafen wahrscheinlich lebenslängliche Freiheitsstrafe für Sie bedeutet. Aber Sie haben mit dem Staatsanwalt einen Handel geschlossen: Wenn Sie eine Geschichte zusammenbringen und hier im Zeugenstand erzählen, eine für diese Jury überzeugende Geschichte, auf Grund deren die Angeklagte des Mordes aus niedrigen Beweggründen für schuldig befunden wird, dann können Sie den Gerichtssaal ungeschoren verlassen und Ihr kriminelles Leben weiterführen; ist Ihre Story andererseits nicht stichhaltig genug, um die Geschworenen zu überzeugen, wird Ihnen keine Straffreiheit gewährt, nicht wahr?«

»Moment, Moment!« rief Hamilton Burger lautstark. »Diese Frage ist untauglich! Sie verlangt eine Folgerung vom Zeugen, sie ist polemisch ...«

»Da muß ich dem Staatsanwalt wohl recht geben«, sagte Richter Flint. »Aber der Verteidiger kann die Frage anders formulieren.«

»Der Staatsanwalt sagte also«, fuhr Mason fort, »daß Ihnen möglicherweise Strafbefreiung gewährt wird, wenn durch Ihre Aussage ein Mord aufgeklärt werden kann?«

»Ja.«

»Daß er Ihnen aber keine Straffreiheit zusichern könne, bevor er Ihre Geschichte im Zeugenstand gehört hätte?«

»Das sagte er nicht direkt.«

»Die Voraussetzung war aber, wie er ausführte, daß Sie Ihre Aussage als Zeuge vor Gericht zu machen hätten, bevor Sie Strafbefreiung erhielten?«

»Ich sollte meine Aussage vervollständigen, ja.«

»Aber sie mußte zur Aufklärung eines Mordes führen.«

»Ja.«

»Und den Mörder vor Gericht bringen.«

»Ja.«

»Anders ausgedrückt: eine Verurteilung bewirken«, sagte Mason.

»So wörtlich hat das kein Mensch gesagt.«

»Aber ich sage es so wörtlich. Prüfen Sie sich selbst: Ist das nicht gerade jetzt Ihr Hintergedanke? Sie wollen die Angeklagte des Mordes überführt sehen, damit Sie selbst straffrei ausgehen.«

»Ich will mit mir ins reine kommen. Ich will die Wahrheit sagen.«

»Die Wahrheit!« explodierte Mason mit einer Gebärde des Abscheus. »Sie hatten nicht die geringste Absicht, der Polizei

Ihre Geschichte zu erzählen – erst, bis Sie bei einer Straftat erwischt wurden. Stimmt das vielleicht nicht?«

»Ich hatte es mir aber vorher schon überlegt.«

»Überlegt hatten Sie es sich insofern, als Sie einen Trumpf in der Hand zu halten glaubten, den Sie ausspielen konnten, wenn Sie in der Klemme saßen. Falls man Sie schnappte, wollten Sie ein Geschäft mit dem Staatsanwalt machen und gegen Strafbefreiung einen Mordfall aufklären.«

»Daran hab' ich auch nicht im Traum gedacht.«

»Wie viele andere Verbrechen haben Sie begangen in der Zeit zwischen dem Fall Dorrie Ambler und Ihrem Versuch, den Supermarkt auszurauben?«

»Ich ... Ich ... Gar keine.«

»Nun mal langsam«, sagte Mason. »Haben Sie nicht mit der Polizei auch darüber verhandelt, gewisse andere Überfälle aufzuklären und die Akten darüber zu bereinigen?«

»Ja.«

»Mit andern Worten: Sie wollten über all diese Straftaten ein Geständnis ablegen.«

»Ja.«

»Und von der Strafverfolgung befreit werden.«

»Ja.«

»Haben Sie also diese strafbaren Handlungen, die Sie eingestehen wollten, begangen, oder nicht?«

»Wenn das Gericht erlaubt«, schaltete Hamilton Burger sich ein, »hier wird ein völlig unzulässiges Kreuzverhör geführt. Die Fragen dienen lediglich dem Zweck, diesen Zeugen in den Augen der Geschworenen herabzusetzen.«

»Der Einspruch wird abgelehnt«, bestimmte Richter Flint.

»Haben Sie jene Straftaten begangen, die Sie gestehen wollten, oder nicht?« wiederholte Mason.

»Nicht alle«, antwortete der Zeuge.

»Aber einige?«

»Ja.«

»Und über die anderen wollten Sie Lügen erzählen, damit die Polizei ihre Akten schließen konnte – alles unter der Bedingung, daß Sie straffrei ausgingen.«

»Na, ganz so war es nicht«, sagte der Zeuge. »Die wollten

keine Katze im Sack kaufen. Erst mußte ich mal was dafür bieten.«

»In welcher Hinsicht?«

»Mit meiner Aussage.«

»Genau das. Falls Ihre Aussage nicht die nötige Durchschlagskraft hatte, um eine Verurteilung dieser Angeklagten zu bewirken, sollte das Geschäft platzen, stimmt's?«

»So ... So hab ich's nicht gemeint.«

»Das sagen Sie.« Mason machte auf dem Absatz kehrt und ging zu seinem Stuhl zurück. »Ich habe zur Zeit keine weiteren Fragen an diesen Zeugen.«

Wütend und mit hochrotem Gesicht rief Hamilton Burger: »Leutnant Tragg bitte wieder in den Stand.«

»Sie sind bereits vereidigt, Leutnant Tragg«, sagte Richter Flint, »treten Sie gleich vor.«

Tragg nickte und setzte sich im Zeugenstuhl zurecht.

»Leutnant Tragg«, begann Burger, »ich frage Sie, ob Sie im Anschluß an ein Gespräch mit Dunleavey Jasper in die Nähe von Gray's Well fuhren.«

»Ja.«

»Und was suchten Sie dort?«

»Ich suchte eine Stelle, wo die Autostraße sehr dicht an einer abfallenden Sanddüne verlief, die so beschaffen war, daß ein Mann am Dünenhang einen Körper herunterschleifen konnte.«

»Ich muß Einspruch erheben, Euer Ehren«, sagte Mason, »und zwar gegen den letzten Teil des Aussage, da dieser eine Schlußfolgerung des Zeugen enthält. Er bezieht sich nicht auf die Tatsachen, die uns über den Fall bisher bekannt sind.«

»Der Einspruch ist gerechtfertigt«, entschied Richter Flint. »Der letzte Teil der Aussage ist zu streichen.«

»Was fanden Sie also dort?« fragte Hamilton Burger, leicht schmunzelnd in dem Bewußtsein, der Jury sein Anliegen übermittelt zu haben.

»Nach drei oder vier falschen Spuren fanden wir einen Sandhügel mit schwachen Anzeichen einer veränderten Oberfläche. Daraus gruben wir schließlich den stark verwesten Körper einer Frau.«

»Konnten Sie die Leiche identifizieren?«

»Einspruch, da unzulässig; unerheblich, untauglich«, sagte Mason.

»Ich muß den Einspruch ablehnen«, entschied Richter Flint. »Diese Aussage, meine Damen und Herren Geschworenen, wird lediglich zugelassen, um das Zeugnis des vorhergehenden Zeugen zu bestätigen, und nicht etwa, weil möglicherweise noch ein anderes Verbrechen begangen wurde. Sie dürfen über ein später geschehenes Verbrechen keine Überlegungen anstellen, nicht einmal hinsichtlich der Beweggründe, sondern es nur zwecks Erhärtung der Aussage des vorigen Zeugen berücksichtigen. Ausschließlich zu diesem begrenzten Zweck. Fahren Sie fort, Herr Staatsanwalt.«

»Ich will meine Frage folgendermaßen fassen, Leutnant Tragg«, sagte Hamilton Burger. »Fanden Sie an der Leiche irgendeinen Anhaltspunkt für ihre Identität?«

»Ja.«

»Würden Sie ihn bitte beschreiben?«

»Die Fingerspitzen waren durch die Verwesung stark entstellt; wir hatten besonders heißes Wetter gehabt, und der Körper war in ziemlich flachem Sand eingegraben worden. Fäulnis und fortgeschrittene Verwesung erschwerten eine sichere Identifizierung. Durch Härten der Finger in einer Formaldehydlösung erhielten wir aber eine Reihe von leidlich guten Abdrükken. Also machten wir Abdrücke von sämtlichen Fingern, so gut es ging.«

»Im Augenblick bin ich besonders an den Daumen interessiert. Ich frage Sie nun, ob Sie noch andere Augenscheinsbeweise an der Leiche fanden.«

»Ja.«

»Welche?«

»Eine Handtasche und in dieser Handtasche eine Mietquittung für Apartment 907 in den Parkhurst Apartments. Die Quittung war auf den Namen Dorrie Ambler ausgestellt. Wir fanden auch einen Schlüssel zu Apartment 907 und noch ein paar andere Quittungen auf Dorrie Amblers Namen.«

»Fanden Sie einen Führerschein auf Dorrie Amblers Namen?«

»Nicht dort.«

»Achten Sie bitte auf meine Fragen, Leutnant. Diese Frage

habe ich nicht gestellt. Ich fragte Sie, ob Sie einen Führerschein auf Dorrie Amblers Namen fanden.«

»Ja.«

»Wo fanden Sie ihn?«

»Im Besitz der Angeklagten hier, zur Zeit ihrer Verhaftung. Er steckte in einem Geheimfach ihrer Handtasche.«

»Und enthielt dieser Führerschein den Daumenabdruck der Antragstellerin?«

»Er enthielt eine Fotokopie davon.«

»Verglichen Sie später den Daumenabdruck der Leiche, die Sie entdeckten, mit dem Daumenabdruck auf dem Führerschein von Dorrie Ambler?«

»Ja.«

»Mit welchem Ergebnis?«

»Einspruch. Die Frage fordert eine Folgerung von dem Zeugen«, sagte Mason. »Sie ist unzulässig, unerheblich und ungeeignet. Die Antwort wäre auch nicht der beste Beweis. Die Geschworenen haben Anspruch darauf, die Daumenabdrücke zum Vergleich vorgelegt zu bekommen. Falls er es wünscht, kann Leutnant Tragg auf Übereinstimmungen hinweisen. Er kann jedoch nicht über seine Folgerung Zeugnis ablegen.«

»Diesen Einwand muß ich anerkennen«, entschied Richter Flint.

»Sehr wohl. Das wird den Prozeß verlängern«, sagte Hamilton Burger.

»In einem Prozeß von dieser Bedeutung spielt der Zeitfaktor keine wesentliche Rolle, Herr Staatsanwalt«, tadelte der Richter.

Hamilton Burger reagierte mit einer gesetzten Verbeugung. Er legte eine Vergrößerung des Daumenabdrucks von Dorrie Ambler vor, die nach ihrem Führerschein angefertigt war. Dann zeigte er ein Foto des Daumenabdrucks der Frau, deren Leiche Leutnant Tragg gefunden hatte.

»Bitte sehr, Leutnant Tragg«, sagte Burger, »können Sie auf diesen beiden vergrößerten Fotografien, die im Blickfeld der Geschworenen auf Ständern stehen, irgendwelche Gleichartigkeiten aufzeigen?«

»Ja. Ich habe die gleichartigen Punkte notiert.«

»Wie viele finden Sie?«

»Sechs.«

»Wollen Sie sie der Jury bitte erklären? Weisen Sie mit dem Zeigestock darauf.«

Leutnant Tragg deutete auf die übereinstimmenden Merkmale.

»Sind das alle?« fragte Hamilton Burger.

»Nein, Sir, aber es sind die einzigen, bei denen ich mir völlig sicher bin. Sie werden verstehen, daß es wegen der fortgeschrittenen Verwesung außerordentlich schwierig war, klar erkennbare Fingerabdrücke von der Leiche zu nehmen. Wir taten unser möglichstes, und das ist alles.«

»Konnten Sie sich über Alter und Geschlecht der Verstorbenen ein Urteil bilden?«

»O ja. Es war die Leiche einer Frau von Anfang Zwanzig.«

»Nahmen Sie Haarproben?«

»Ja. Sie wurden mit Dorrie Amblers Haarfarbe verglichen, wie sie in ihrem Führerschein bezeichnet ist.«

»Fanden Sie sonst noch etwas an der Leiche dieser Frau oder in ihrer Nähe?« fragte Hamilton Burger.

»Wir fanden einen Revolver vom Kaliber achtunddreißig, mit einer leeren und fünf geladenen Patronen. Es war ein Smith & Wesson mit einem 5-cm-Lauf, Nr. C-48809.«

»Führten Sie später ballistische Versuche mit dieser Waffe durch?«

»Ja.«

»Verglichen Sie die Testkugeln mit der Kugel, die aus dem Schädel der Leiche entfernt wurde?«

»Jawohl.«

»Und was stellten Sie fest?«

»Daß die Kugeln gleiche Riefelungen aufwiesen. Sie waren aus derselben Waffe abgeschossen worden; das heißt, das tödliche Geschoß entsprach völlig den Testgeschossen.«

»Haben Sie Fotografien von dem Ergebnis der Versuche?«

»Ja, Sir.«

»Wollen Sie sie bitte vorlegen?«

Leutnant Tragg überreichte Fotos von der tödlichen Kugel und den Testgeschossen.

»Was bedeutet diese Linie in der Mitte?«

»Das ist eine Scheidelinie, die im Vergleichsmikroskop erscheint. Die Kugel oberhalb dieser Linie ist die tödliche, unterhalb ist die Testkugel zu sehen.«

»Und diese Geschosse werden unter dem Vergleichsmikroskop gedreht, bis man einen Punkt erreicht, an dem die identischen Linien sich decken? Wo die Riefen also Verlängerungen voneinander sind?«

»Jawohl, Sir.«

»Und wenn das der Fall ist, worauf deutet es hin, Leutnant?«

»Daß die Kugeln beide aus derselben Waffe abgeschossen wurden.«

»Kreuzverhör bitte«, sagte Hamilton Burger unvermittelt.

Mason ging auf den Zeugen zu. »Leutnant Tragg, war die Leiche, die Sie entdeckten, diejenige von Dorrie Ambler? Bitte beantworten Sie die Frage mit ja oder nein.«

Tragg zögerte. »Ich glaube, es ...«

»Ich will nicht wissen, was Sie glauben«, unterbrach Mason ihn, »sondern was Sie wissen. War es Dorrie Ambler oder nicht?«

»Ich weiß es nicht«, antwortete Tragg.

»Sie fanden an den Fingerabdrücken nicht genügend Übereinstimmendes für eine Identifikation?«

»Ich will es so sagen«, erwiderte Tragg, »wir fanden genügend Übereinstimmung für eine sehr große Wahrscheinlichkeit.«

»Aber es reicht nicht für einen definitiven Nachweis der Identität?«

»Nun ...«

»Seien Sie ehrlich, Leutnant«, unterbrach Mason. »Ein Minimum von zwölf übereinstimmenden Punkten ist für eine positive Identifizierung erforderlich, nicht wahr?«

»Aber nein, durchaus nicht«, sagte Tragg. »In sehr vielen Fällen waren wir in der Lage, die Identifizierung bei weniger Punkten vorzunehmen.«

»Bei wie vielen Punkten?«

»In manchen Fällen reichen neun oder zehn Übereinstimmungen, wenn man den Umständen nach eine zufällige Duplizität der Ereignisse ausschließen kann.«

»Aber solche Umstände lagen in diesem Fall nicht vor?«

»Nein.«

»Sie sind doch nicht der Ansicht, daß sechs übereinstimmende Punkte ausreichen, um die Identität nachzuweisen?«

»Nicht sie allein. Es gibt aber noch andere Dinge. Nehmen Sie die Mietquittungen auf Dorrie Amblers Namen; nehmen Sie den Wohnungsschlüssel in der Handtasche der Verstorbenen; nehmen Sie Alter, Geschlecht, Größe, Haarfarbe. Wenn Sie all das zusammenrechnen, ergibt sich eine sehr starke mathematische Wahrscheinlichkeit.«

»Ganz recht«, sagte Mason, »eine starke mathematische Wahrscheinlichkeit. Trotzdem können Sie nicht bezeugen, daß es Dorrie Amblers Leiche war.«

»Ich kann es nicht beschwören, nein, Sir.«

»Das ist alles.«

»Ich möchte jetzt«, sagte Hamilton Burger, »eine weitere nicht ganz einwandfreie Zeugin aufrufen, Rosy Chester.«

Rosy Chester, eine rothaarige Frau von recht üppigen Formen, mit hartem, zynischem Mund und mißtrauischem Blick, kam nach vorn und wurde vereidigt.

»Wo wohnen Sie?« fragte Burger.

»Zur Zeit im Bezirksgefängnis.«

»Sind Sie mit der Angeklagten bekannt?«

»Ja.«

»Wann lernten Sie die Angeklagte kennen?«

»Wir waren Zellengenossinnen für eine Nacht.«

»Unterhielten Sie sich bei dieser Gelegenheit über Dorrie Ambler?«

»Ja.«

»Was sagte die Angeklagte über Dorrie Ambler?«

»Daß Dorrie Ambler nie wieder gesehen würde.«

»Unterhielten Sie sich noch weiter?« fragte Burger.

»Ich fragte sie, ob sie sich nicht ärgere, daß Dorrie Ambler einen Teil von ihrem Erbe kassieren würde. Sie lachte und sagte, Dorrie Ambler würde niemals mehr auftauchen, um irgendwas zu kassieren.«

»Ist Ihnen bekannt, ob dieses Gespräch vor oder nach dem Auffinden der Leiche stattfand?«

»Ich glaube, die Leiche war schon entdeckt, aber die Angeklagte wußte nichts davon. Es war nicht öffentlich bekanntgegeben worden.«

»Kreuzverhör«, sagte Hamilton Burger.

»Erwarten Sie einen Prozeß?« fragte Mason.

»Ja.«

»Weswegen?«

»Besitz von Marihuana.«

»Sie setzten sich mit dem Staatsanwalt in Verbindung, sobald Sie diese Unterhaltung mit der Angeklagten geführt hatten?«

»Kurz danach.«

»Wie erreichten Sie ihn?«

»Er erreichte mich.«

»Oh«, sagte Mason, »dann hat man Ihnen also gesagt, Sie würden mit der Angeklagten in dieselbe Zelle gesteckt werden und sollten versuchen, sie zum Sprechen zu bringen?«

»So ähnlich.«

»Und Sie versuchten es?«

»Na ja, wenn man so zusammen in der Zelle sitzt, hat man nicht viel zum Reden und ...«

»Versuchten Sie die Angeklagte zum Sprechen zu bringen, oder versuchten Sie es nicht?«

»Äh – ja.«

»Und ihr ein paar Behauptungen abzulocken, mit denen sie sich belastete?«

»Ich versuchte sie zum Sprechen zu bringen.«

»Auf Anweisung der Staatsanwaltschaft?« fragte Mason.

»Ja.«

»Und warum nahmen Sie es auf sich, dem Staatsanwalt als Informationsquelle zu dienen?«

»Er bat mich darum.«

»Und was wollte er tun, wenn Sie Erfolg hätten?«

»Darüber sagte er nichts.«

»Er gab Ihnen keinerlei Versprechen?«

»Absolut nicht.«

»Nun«, fuhr Mason fort, »was sagte er über die Tatsache, daß er Ihnen nichts versprechen könnte?«

»Oh, er sagte, wenn er mir irgendwas versprechen würde, dann könne das den Wert meiner Aussage mindern, und deshalb müßte ich mich eben einfach auf seine Dankbarkeit verlassen.«

Mason wandte sich lächelnd zur Jury. »Das wäre alles.«

Hamilton Burger, rot bis über beide Ohren, sagte: »Das *ist* alles.«

»Das Gericht vertagt sich bis morgen um 9.30 Uhr«, verkündete Richter Flint. »Die Angeklagte bleibt in Haft. Die Geschworenen werden den Fall nicht unter sich besprechen noch zulassen, daß er in ihrer Gegenwart besprochen wird. Sie werden sich über Schuld oder Unschuld der Angeklagten keine Meinung bilden und eine solche nicht zum Ausdruck bringen.«

Der Richter erhob sich und verließ die Bank.

Minerva Minden packte Masons Arm. »Ich muß ein Geständnis machen, Mr. Mason.«

»Nein, Sie müssen nicht«, entgegnete er.

»Doch, ich muß. Sie müssen von etwas erfahren, Sie müssen einfach. Sonst werde ich – wird man mich wegen eines Mordes verurteilen, den ich nicht begangen habe.«

Mason sah ihr in die Augen. »Ich sage Ihnen jetzt etwas, das ich einem Mandanten sehr selten sage: Halten Sie den Mund. Sprechen Sie nicht zu mir. Erzählen Sie mir gar nichts. Ich will nichts über den Sachverhalt von Ihnen hören.«

»Aber, Mr. Mason, wenn Sie nicht im Bilde sind, wird man ... Verstehen Sie denn nicht, daß die Beweise gegen mich überwältigend sind? Sie werden mich wegen eines Mordes verurteilen, den ...«

»Halten Sie den Mund«, wiederholte Mason. »Sprechen Sie nicht mit mir. Ich will nicht mit Ihnen reden.« Er stand auf und gab der Wärterin ein Zeichen. »Unterhalten Sie sich mit niemandem über die Sache. Beantworten Sie keine Fragen. Sagen Sie nichts, kein Wort.«

13

In sein Büro zurückgekehrt, begann Mason auf- und abzumarschieren, während Della Street ihn mit angstvollen Augen betrachtete.

»Können Sie mir nicht sagen, was Ihnen im Kopf herumgeht, Chef?« fragte sie.

»Ich bin in einer kniffligen Lage, Della. Entweder tue und sage ich *genau* das Richtige, und zwar *genau* zur rechten Zeit, oder ich habe verspielt.«

Plötzlich blieb er stehen. »Della, rufen Sie Paul Drake an. Sagen Sie ihm, ich brauche sämtliche Einzelheiten über den Überfall auf die Bank von Santa Maria.«

»Hat denn das was mit der Sache zu tun?« fragte Della Street.

»Es hat. Sagen Sie Paul, ich brauche einen vollständigen Bericht, alle Umstände, die kleinste Tatsache. Nichts ist zu geringfügig, nichts darf ausgelassen werden. Lassen Sie ihn ein Flugzeug chartern und einen Mitarbeiter hinschicken. Er soll sich umgehend mit den Zeugen an die Arbeit machen.«

»Wollen Sie den Bericht bis morgen früh haben?« fragte Della.

»Unbedingt. Ich will im Gericht mit dem Detektiv sprechen. Sagen Sie Paul, er soll keine Ausgaben scheuen. Und dann brauche ich von Paul noch einen lückenlosen Bericht über alle ungeklärten Überfälle zwischen San Franzisko und Los Angeles am fünften, sechsten und siebten September. Die kann er durch Ferngespräche erfahren. Er soll die Polizeichefs der verschiedenen Städte anrufen. Ich will *alles* erreichbare Material haben.«

»Aber hören Sie, Chef«, sagte Della Street, »um Jaspers Aussage über die Waffe, die Gespräche und den Leichenfundort kommen Sie nicht herum, falls Sie nicht ...«

»All diese Aussagen werden der Angeklagten nichts anhaben können«, erklärte Mason.

»Was?« rief Della.

»Der Mord an Dorrie Ambler bedeutet in dieser Verhandlung gar nichts, es sei denn, die Geschworenen glauben, daß Minerva den Auftrag gab, sie zu ermorden. Wenn es mir gelingt, über diesen Punkt Zweifel zu erwecken, ist Jaspers Aussage erledigt. Dorrie Amblers Tod hat hier keinerlei Bedeutung, falls Minerva den Leuten nicht ausdrücklich gesagt hat, sie sollen sie umbringen. Selbst wenn Minerva Minden mit Dorrie Ambler eine Auseinandersetzung hatte und sie im Affekt tötete, hätte das mit diesem Fall nichts zu tun, sofern es Jaspers Aussage nicht erhärten würde; und wenn er wegen des Auftrags zur Ermordung von Dorrie Ambler lügt, dann könnte er auch hinsichtlich der Ermordung von Billings lügen.«

Della Street schüttelte ungläubig den Kopf. »Davon könnten Sie eine Jury niemals überzeugen. Sie würde Minerva auf jeden Fall verurteilen.«

»Wenn ich die Sache richtig anfange«, erwiderte Mason, »wird der Richter die Geschworenen anweisen müssen, auf ›nicht schuldig‹ zu erkennen.«

»Er würde niemals riskieren, das wegen irgendeiner Spitzfindigkeit zu tun«, meinte Della Street.

»Wetten, daß?« fragte Mason.

14

Sobald das Gericht am nächsten Morgen versammelt war und Richter Flint die Bank bestiegen hatte, sprang Hamilton Burger auf.

»Wenn das Gericht erlaubt«, begann er, »darf ich in der Strafsache gegen Minerva Minden noch ein weiteres Beweismittel vorlegen. Ich habe hier eine beglaubigte Abschrift aus dem Schußwaffenregister über den Kauf eines Smith-&-Wesson-Revolvers, Kaliber achtunddreißig, Nr. C-48809, durch Minerva Minden. Dies ist ein vorschriftsmäßig geführtes Verkaufsregister und, wie ich glaube, ein Anscheinsbeweis für die darin enthaltenen Tatsachen. Ich möchte es als Beweisstück einführen.«

»Wir haben nichts dagegen«, sagte Mason.

Paul Drake, begleitet von Jerry Nelson, eilte in den Gerichtssaal und suchte Masons Blick.

»Darf ich das Gericht für einen kurzen Moment um Geduld bitten?« fragte Mason und ging zu den beiden Detektiven hinüber, nachdem Richter Flint genickt hatte.

Drake berichtete leise: »Nelson hat alles, was über das Bank-Dings von Santa Maria bekannt ist, Perry. Drei Personen waren beteiligt, zwei in der Bank, einer fuhr den Fluchtwagen. Zeugen wissen einen Teil der Nummer und haben die Beschreibung. Es ist derselbe Wagen wie bei dem Unfall mit Fahrerflucht, und ...«

»Der Fahrer«, unterbrach Mason, »war es eine Frau?«

»Woher wußtest du?« fragte Drake überrascht. »Ja, eine Frau.«

»Sonst noch krumme Dinger?«

»Ja, Überfall auf ein Spirituosenlager in Bakersfield. Wahrscheinlich wieder dieselbe Bande. Ein heller Cadillac und eine Frau am Steuer des Fluchtwagens.«

»Danke«, sagte Mason. »Mehr brauche ich nicht.«

Er ging zu seinem Platz zurück und wandte sich an Richter Flint: »Mit Erlaubnis des Gerichts darf ich, bevor der Staatsanwalt seinen nächsten Zeugen aufruft, an Leutnant Tragg eine oder zwei Fragen über Fingerabdrücke stellen. Wie ich sehe, befindet er sich hier im Saal. Ich bitte das Gericht, das Kreuzverhör dieses Zeugen wiederaufnehmen zu dürfen.«

»Haben Sie etwas dagegen?« fragte Richter Flint den Staatsanwalt.

»Allerdings, Euer Ehren«, sagte Hamilton Burger. »Ich meine, der Verteidiger sollte sein Kreuzverhör der Zeugen stets zu Ende führen. Der Verteidiger hat die Angewohnheit, Kreuzverhöre ratenweise zu ...«

»Den Ablauf der Beweiserhebung und alle verfahrenstechnischen Dinge regelt ausschließlich das Gericht«, schnitt Richter Flint ihm das Wort ab. »Das Gericht bemüht sich in diesem Fall besonders darum, die Verteidigung in keiner Weise zu behindern. Ich habe beschlossen, dem Antrag stattzugeben. Leutnant Tragg möge zum weiteren Kreuzverhör in den Zeugenstand zurückkehren.«

Als Tragg nach vorn kam, nickte Mason Della Street zu, die rasch ein Klappstativ aus einem Lederfutteral hervorholte und es vor dem Zeugen aufstellte. Sie setzte einen kleinen Projektor auf das Stativ und zog eine Leinwand auf.

»Soll dies eine Vorführung werden?« erkundigte sich Richter Flint.

»Ich möchte nur einen Fingerabdruck im notwendigen Format projizieren«, erklärte Mason, »und Leutnant Tragg bezüglich der übereinstimmenden Punkte befragen.«

»Sehr wohl, beginnen Sie.«

Mason schaltete den Projektor ein und ließ für ein paar Sekunden nur Lichtflecke über die Leinwand huschen. »Und jetzt, Leutnant«, verkündete er, »werde ich einen Daumenabdruck der Angeklagten projizieren.«

Mason ging mit ausgestreckter Hand auf Minerva Minden zu, die ihm ihren Daumen entgegenhielt. Während er ihn einen Moment gegen die Platte preßte, wandte er sich mit bedauernder Geste dem Richter zu. »Es kann sein, daß ich dieses Experiment wiederholen muß, Euer Ehren, denn ich bin kein Experte im Abnehmen von Fingerabdrücken.«

Er schob das Diapositiv in den Projektor, bemühte sich eine Weile vergebens um die nötige scharfe Einstellung und sagte: »Ich fürchte, diesen habe ich verschmiert.«

Er nahm ein anderes Diapositiv aus der Tasche und erhielt einen neuen Daumenabdruck von Minerva Minden. Nach dem Einsetzen warf er ein scharfes Bild auf die Leinwand.

»Aha, jetzt haben wir's«, sagte er. »Ich glaube, dieser Daumenabdruck ist klar genug. Sie erkennen ihn, Leutnant, nicht wahr?«

»Sehr gut«, antwortete Tragg.

»Ich werde versuchen, die drei Abdrücke nach Möglichkeit in der gleichen Größe wiederzugeben. Und zwar sehen Sie links den Daumenabdruck von Dorrie Ambler, rechts den von der toten Frau und rechts über dem letzteren den Abdruck der Angeklagten, den ich jetzt projiziere.«

»Moment mal«, sagte Hamilton Burger und stand auf. »Dies ist nichts weiter als eine Projektion, ein vergängliches Beweisstück, das wir nicht identifizieren können. Die anderen Abdrücke sind vergrößerte Fotografien, die man als Beweismittel einführen kann.«

»Aber Sie können dieses Diapositiv doch auch einführen«, entgegnete Mason. »Sie können es in einen Umschlag stecken und als ordnungsgemäßes Beweisstück kennzeichnen lassen.«

»Nun gut«, gab Burger sich zufrieden, »wenn es nicht anders zu machen ist; eine Fotografie würde ich aber vorziehen.«

»Es kommt darauf an, welches Argument der Verteidiger anbringen will«, sagte Richter Flint.

»Ich will die Fähigkeiten dieses Zeugen prüfen und die irrige

Ansicht widerlegen, daß sechs übereinstimmende Punkte für eine einwandfreie Identifizierung ausreichen.«

»In Ordnung. Beginnen Sie mit Ihren Fragen«, sagte der Richter. »Und anschließend kann dieses Diapositiv als Beweisstück eingeführt werden.«

Mason wandte sich an Tragg. »Nun, Leutnant, diese Abdrücke haben alle etwa die gleiche Größe. Sehen Sie sich jetzt bitte den projizierten Abdruck an. Finden Sie da Übereinstimmungen mit dem Abdruck des toten Mädchens?«

»Ein paar müßte es wohl geben«, sagte Leutnant Tragg, »vielleicht sogar mehrere – bedingt durch eine gewisse Ähnlichkeit der beiden Frauen.«

»Treten Sie bitte an die Leinwand, und zeigen Sie mit dem Stock auf alle übereinstimmenden Punkte, die Sie finden.«

»Hier ist schon mal einer. Sie haben fast das gleiche Windungsmuster im Zentrum.«

»Schön, bitte weiter.«

»Dann ist hier noch eine Verbindung . . .«

»Nur weiter, Leutnant.«

Tragg betrachtete den Fingerabdruck nachdenklich. »Ich möchte diese Punkte zunächst festhalten, wenn's recht ist. Wenn das Bild verschwindet, weiß man sonst nicht mehr, worauf ich mich bezogen habe.«

»Sehr richtig«, sagte Mason. »Fangen Sie an. Ich projiziere diesen Abdruck jetzt auf weißes Papier. Sie können darauf alle übereinstimmenden Punkte markieren, die Sie finden.«

Leutnant Tragg nahm einen Stift aus der Tasche, zog Linien, studierte den Abdruck, zog mehr Linien und trat nach etwa fünf Minuten vom Bild zurück.

»Keine weitere Übereinstimmung?« fragte Mason.

»Nein, im Moment sehe ich keine mehr.«

»Nun, wie viele Übereinstimmungen haben Sie entdeckt?«

»Sechs«, antwortete Tragg.

»Genau die Anzahl, die Sie auch bei dem Abdruck von Dorrie Ambler fanden«, stellte Mason fest. »Ich glaube, Leutnant, das illustriert recht anschaulich, daß eine absolute Identifizierung auf Grund von sechs Punkten unmöglich ist. Sie haben jetzt nämlich nachgewiesen, daß diese Angeklagte die tote Frau ist, die Sie entdeckten.«

Leutnant Tragg studierte stirnrunzelnd noch einmal die beiden Daumenabdrücke und ging dann zum Zeugenstand zurück.

»Ich habe keine weiteren Fragen«, erklärte Mason.

»Keine Fragen im direkten Verhör zu dieser Sache«, sagte Hamilton Burger. »Der Zeuge hat ja vorher bekundet, sechs übereinstimmende Punkte seien nicht unbedingt ausreichend für einen Identitätsnachweis.«

»Das ist alles. Sie können den Stand verlassen«, bestimmte Richter Flint.

Mason schaltete den Projektor aus, nahm das Diapositiv heraus und sagte: »Ich glaube, auf Anordnung des Gerichts sollte dieses Diapositiv zur Identifizierung gekennzeichnet werden.«

Er steckte die Platte in einen Umschlag, den er dem Protokollführer überreichte.

Hamilton Burger betrachtete gedankenvoll Leutnant Traggs Linien auf dem weißen Papier. Er winkte Tragg heran und besprach sich flüsternd mit ihm.

Ohne die Bildübertragung erschienen die sechs Punkte, die Leutnant Tragg auf das weiße Papier gezeichnet hatte, überraschend klar.

Plötzlich schob Hamilton Burger den Leutnant beiseite, sprang auf und rief: »Einen Augenblick, Leutnant. Kehren Sie noch einmal zur Zeugenbank zurück. Ich habe doch noch einige Fragen im direkten Verhör, Euer Ehren, und ich brauche diesen Umschlag wieder. Das Bild soll noch einmal auf das weiße Papier übertragen werden.«

»Ich stehe dem Ankläger mit größtem Vergnügen zur Verfügung«, sagte Mason.

»Sie lassen die Hände von diesem Umschlag«, schrie Burger. »Ich will, daß jemand ihn an sich nimmt, genau denselben Umschlag dort, den Sie gerade eben gekennzeichnet haben. Ich will hier keinen Hokuspokus.«

»Diese Bemerkung scheint mir unangebracht, Herr Staatsanwalt«, rügte Richter Flint scharf.

»Das bleibt abzuwarten.« Hamilton Burger war so aufgeregt, daß ihm die Beherrschung seiner Stimme Mühe machte. »Warten Sie nur ab, ob meine Kritik ungerechtfertigt ist. Sehen Sie sich die Leinwand mit den Markierungen an und dann das Foto von Dorrie Amblers Fingerabdruck. Leutnant Tragg hat nicht allein sechs beliebige Übereinstimmungen zwischen dem projizierten Abdruck und dem der toten Frau gefunden – es sind sogar haargenau *die gleichen Punkte, die er an dem Abdruck von Dorrie Ambler entdeckte!«*

»Ich fürchte, da komme ich nicht mit«, sagte Richter Flint.

»Aber ich!« rief Burger. »Der auf den Schirm projizierte Abdruck war keineswegs ein Fingerabdruck der Angeklagten. Perry Mason nahm ihren Daumenabdruck, tat so, als hätte er ihn verschmiert und holte einen neuen. Und das war seine Chance zu einem Taschenspielerstückchen. Der auf die Leinwand geworfene Abdruck stammte überhaupt nicht von der Angeklagten, sondern von Dorrie Ambler. Durch irgendein fotografisches Verfahren hat Perry Mason ihn auf die Platte gezaubert und den Eindruck eines frisch abgenommenen Fingerabdrucks hervorgerufen.«

»Ist das eine Anschuldigung, Mr. Burger?« fragte Richter Flint.

»Eine *Anklage*! Ich beantrage, daß Mr. Mason durchsucht wird. Man soll ihm das andere Diapositiv aus der Tasche nehmen, bevor er die Chance hat, es zu vernichten. Das Ganze ist ein Betrug vor Gericht, ein Versuch, Beweise zu unterdrücken, strafbare Verabredung und berufswidriges Verhalten.«

»Nun mal langsam«, sagte der Richter, »wir werden die Sache ordnungsgemäß untersuchen. Der Urkundsbeamte soll das übergebene Diapositiv wieder in den Projektor einsetzen. Mr. Mason, stellen Sie sich bitte hierher. Das Gericht fordert Sie auf, das andere Diapositiv aus der Tasche zu holen – jenes, das Sie als verschmiert bezeichneten – und es dem Gericht zu übergeben.«

Mason griff in die Tasche und reichte dem Richter ein Diapositiv.

»Und jetzt«, fuhr der Richter fort, »wollen wir das Diapositiv, das zur Identifizierung gekennzeichnet war, noch einmal projizieren.«

»Und zwar genau in der gleichen Größe wie vorher!« rief Hamilton Burger. »Es kann Leutnant Traggs Markierungen auf dem Schirm angepaßt werden.«

»Selbstverständlich«, sagte Richter Flint. »Es besteht kein

Grund, laut zu werden, Mr. Burger, ich kann Sie einwandfrei hören.«

Der Gerichtsbeamte stellte das Gerät scharf ein.

»Schieben Sie den Projektor noch etwas zurück«, verlangte Hamilton Burger, »zwei Zentimeter etwa. Die Markierungen sollen sich mit Leutnant Traggs Linien decken... So, jetzt stimmt es.«

Hamilton Burger wandte sich Tragg zu.

»Vergessen Sie jetzt den Fingerabdruck der toten Frau. Sehen Sie sich den projizierten und den fotografischen Abdruck von Dorrie Ambler an, und sagen Sie mir, wie viele übereinstimmende Punkte Sie in diesem Fall finden!«

»Kann ich einen Stock nehmen und ...«

»Hier, nehmen Sie diesen Rotstift«, sagte Burger. »Bezeichnen Sie die übereinstimmenden Punkte damit. Wir wollen sehen, wie viele Gleichartigkeiten zwischen dem projizierten Daumenabdruck und dem aus Dorrie Amblers Führerschein bestehen.«

Leutnant Tragg stellte sich an den Papierschirm und begann mit dem Rotstift Linien einzuzeichnen. Nach wenigen Minuten erklärte er: »Ich habe schon mehr als achtzehn übereinstimmende Punkte gefunden. Zwölf genügen aber für eine positive Identifizierung.«

»Und das bedeutet?« fragte Richter Flint.

»Das bedeutet, daß der projizierte Abdruck überhaupt nicht von der Angeklagten stammt, sondern von Dorrie Ambler.«

»Sind Sie sich dessen sicher?«

»Vollkommen.«

Richter Flint blickte Perry Mason an. »Mr. Mason«, sagte er, »Ihnen wird vor diesem Gericht ein sehr schwerer Verstoß zur Last gelegt, ein Verstoß, der zu Disziplinarmaßnahmen oder sogar zum Ausschließungsverfahren führen kann, auf jeden Fall aber zu einem Verfahren wegen Mißachtung des Gerichts. Ich fordere Sie auf, sich hier und jetzt zu dem Vorwurf zu äußern. Da dieser Vorfall sich in Gegenwart der Geschworenen ereignete, will ich ihn auch in ihrer Gegenwart entschieden wissen. Ich frage Sie nun, Mr. Mason, wie es geschehen konnte, daß Sie dem Anschein nach einen Daumenabdruck der

Angeklagten nahmen, das Diapositiv jedoch durch ein solches mit dem Abdruck von Dorrie Ambler ersetzten.«

»Es tut mir leid, Euer Ehren«, antwortete Mason, »ich habe keine Erklärung dafür.«

»In dem Fall wird das Gericht ...«

»Darf ich noch etwas dazu vorbringen?«

»Bitte«, sagte Richter Flint kurz angebunden.

»Ich möchte nur anregen, daß Leutnant Tragg einen Abdruck vom Daumen der Angeklagten nimmt, um jede Verwechslung auszuschließen. Dann projizieren wir diesen Abdruck auf den Schirm, und Leutnant Tragg kann feststellen, wie viele übereinstimmende Punkte er jetzt mit dem Daumenabdruck der Toten findet. Dann kann von einer Vertauschung nicht mehr die Rede sein. Ich habe hier ein Acetat-Diapositiv, beschichtet mit einer Substanz, die alle charakteristischen Merkmale des Fingerabdrucks sichtbar macht.«

Richter Flint zögerte.

»An diesem Versuch würde mir sehr viel liegen«, erklärte Hamilton Burger.

»Nun gut. Sie können beginnen«, entschied der Richter.

Mason übergab das Diapositiv an Leutnant Tragg, der eine Lupe aus der Tasche zog und es sorgfältig untersuchte. Dann ging Tragg auf die Angeklagte zu, nahm ihren Daumenabdruck und kehrte zum Projektor zurück. Er entfernte das alte Dia und setzte das neue ein.

»Und jetzt«, sagte Mason, »sagt uns der Leutnant vielleicht, wie viele übereinstimmende Punkte hierbei vorhanden sind, und zwar zwischen diesem neuen Daumenabdruck, dem Abdruck der Toten und demjenigen von Dorrie Ambler.«

Tragg stellte das Objektiv scharf ein und näherte sich dem projizierten Abdruck.

Plötzlich blieb er stehen. »Sie decken sich«, rief er.

»Was deckt sich?« fragte Hamilton Burger barsch.

»Die übereinstimmenden Punkte, die ich in Rot und Grün markiert habe, decken sich mit dem hier übertragenen Bild.«

»Aber das können sie gar nicht!« schrie Hamilton Burger.

»Und doch tun sie es«, erwiderte Mason. »Es ist völlig offensichtlich. Das Gericht kann sich überzeugen, die Geschworenen ebenfalls.«

»Also, jetzt warten Sie mal!« schrie Burger. »Hier wird immer mehr Hokuspokus gemacht. Ich bestehe darauf, daß wir diesen Teil des Falles in Abwesenheit der Jury erledigen.«

»Wir haben bisher alles in Gegenwart der Geschworenen verhandelt«, sagte Richter Flint, »und wir werden die Situation auch im Beisein der Geschworenen klären. Leutnant, was hat dies zu bedeuten?«

»Ich weiß es nicht«, gab Tragg zu.

»Es bedeutet, daß der von mir vorgelegte Fingerabdruck tatsächlich von der Angeklagten stammte«, sagte Mason, »und daß des Staatsanwalts Beschuldigungen, ich hätte ein Dia unterschoben und Fingerabdrücke vertauscht, sowie seine gesamten Bemerkungen über berufswidriges Verhalten ungerechtfertigt waren; es war eine Beschuldigung in Gegenwart der Jury und daher amtswidriges Verhalten auf seiten des Staatsanwalts.«

»Wir wollen die Sache zunächst einmal klären«, sagte Richter Flint. »Sehen Sie bitte her, Leutnant. Stimmt es, daß sich achtzehn übereinstimmende Punkte bei dem Vergleich des Daumenabdrucks der Angeklagten mit dem von Dorrie Ambler ergeben?«

»Ja, Euer Ehren.«

»Wie ist das möglich, Leutnant? Sie haben gerade unter Eid ausgesagt, daß zwölf gleiche Punkte eine absolute Identifizierung ermöglichen; hier jedoch zählen Sie achtzehn gleiche Punkte bei den Abdrücken zweier verschiedener Menschen.«

»Ich fürchte«, antwortete Tragg, »mir ist etwas an der Sache nicht klar; denn jetzt habe ich noch weitere übereinstimmende Züge entdeckt. Ich könnte weitersuchen und wahrscheinlich noch viele andere gemeinsame Punkte feststellen.«

»Und was hat das zu bedeuten?« fragte Richter Flint.

»Es bedeutet«, sagte Perry Mason humorig, »daß entweder die Daktyloskopie zusammenbricht, oder daß die Angeklagte und Dorrie Ambler ein und dieselbe Person sind. In welchem Fall es niemals eine Dorrie Ambler gegeben hätte und die Aussage des Zeugen Dunleavey Jasper, er habe die beiden Frauen zusammen gesehen und ihre Ähnlichkeit bemerkt, einem Meineid gleichkäme. Das Gericht wird sich erinnern, daß andere Zeugen die Ähnlichkeit Dorrie Amblers mit der Angeklagten –

beziehungsweise dasselbe in umgekehrter Reihenfolge – bekundet haben. Es wurde jedoch kein Zeuge beigebracht, der die Frauen zusammen gesehen hat. Und es gibt auch keinen Zeugen hierfür, denn tatsächlich existierte nur *eine* Person. Daher ist die Aussage von Dunleavey Jasper, er habe die beiden zusammen gesehen ...«

Richter Flint donnerte: »Gerichtsdiener, ergreifen Sie diesen Mann! Hindern Sie ihn am Verlassen des Gerichtssaales!«

Dunleavey Jasper, bereits halb durch die Schwingtür verschwunden, wurde vom Gerichtsdiener gepackt. Er fuhr herum und boxte wütend um seine Freiheit.

Im Gerichtssaal brach ein Tumult los.

»Die Zuhörer sollen sich setzen! Die Geschworenen sollen sich setzen!« übertönte Richter Flints Stimme den Lärm. »Das Gericht unterbricht die Sitzung für fünfzehn Minuten.«

15

Als sich das Gericht unter atemloser Spannung wieder versammelt hatte, erhob sich Perry Mason. »Euer Ehren«, begann er, »da sich herausgestellt hat, daß es eine Dorrie Ambler niemals gab, und da der Staatsanwalt nunmehr Kenntnis von einem Meineidgeständnis des Dunleavey Jasper hat, beantrage ich, die Geschworenen zu bestimmen, auf nicht schuldig zu erkennen und die Angeklagte aus der Haft zu entlassen.«

»Möchte der Staatsanwalt etwas vorbringen?« fragte Richter Flint.

Hamilton Burger stand sichtlich bedrückt auf. »Mir fehlt das Verständnis für diese Sache, Euer Ehren. Ich bin der Ansicht, das Gericht wurde getäuscht, da die Verteidigung diesen Sachverhalt nicht früher bekanntgab, sondern es vorzog, ihn auf so dramatische Weise darzulegen. Das jedoch ist eine Angelegenheit zwischen Gericht und Verteidigung. Was den vorliegenden Antrag betrifft, so will ich die Tatsache bestätigen, daß Dunleavey Jasper ein Geständnis abgelegt hat.«

»Ich glaube, der Sachverhalt würde klarwerden, wenn wir den Hauptinhalt dieses Geständnisses aktenkundig machten«, sagte der Richter. »Wollen Sie ihn bitte zu Protokoll geben, Herr Staatsanwalt?«

»Dem Anschein nach«, begann Burger, »haben Dunleavey Jasper, Barlowe Dalton und eine junge Frau namens Flossie Hendon den Cadillac gestohlen und sind nach Süden gestartet. Diese Leute hatten schon verschiedene Straftaten begangen, bevor sie den Wagen stahlen. Anschließend begingen sie noch weitere Verbrechen, darunter den Überfall auf die Zweigbank in Santa Maria, wo sie sich etwa achtzehntausend Dollar verschafften. Achttausend davon teilten sie unter sich auf. Den Rest, die zehntausend Dollar, verpackten sie in Papier, das mit Gummiringen zusammengehalten wurde, und legten ihn in das Handschuhfach des gestohlenen Wagens. Sie fuhren zum *Montrose Country Club*, in der Absicht, wertvolle Pelze aus der Garderobe zu stehlen und dem Kassierer die große Summe abzunehmen, die sie an dem Abend im Safe vermuteten. Sie stiegen aus und ließen Flossie Hendon am Steuer sitzen. Sie sollte bei laufendem Motor warten und ihnen zur Flucht verhelfen. Flossie Hendon unterlag jedoch dem weiblichen Drang, die Kleider der Tänzerinnen im *Country Club* zu besichtigen. Sie verließ den Wagen nur für wenige Augenblicke – und doch schon zu lange. Minerva Minden war offenbar einige Monate vorher wegen Trunkenheit am Steuer der Führerschein entzogen worden. Um nicht auf das Autofahren verzichten zu müssen, hatte sie sich einen zweiten Namen zugelegt – Dorrie Ambler – und die Wohnung in den Parkhurst Apartments gemietet. Um ihre zweite Existenz durch guten Glauben in der Nachbarschaft zu untermauern, wohnte sie gelegentlich dort. Sollte also die Gültigkeit ihres zweiten Führerscheins jemals bezweifelt werden, hatte sie Zeugen für ihre Identität. Als nun der Parkwächter des *Montrose Country Club* ihren angetrunkenen Zustand erkannte und ihren Führerschein sehen wollte, zeigte sie ihm den einzigen, den sie besaß, und der auf den Namen Dorrie Ambler lautete. Später bekam sie dann Streit mit ihrem Begleiter, rannte blindlings aus dem Klub und suchte ein Taxi. Sie sah den gestohlenen Cadillac mit laufendem Motor, sprang hinein und brauste ab – zu ihrem Apartment. Was dann geschah, können wir nur vermuten. Wahrscheinlich wurde sie in einen Unfall verwickelt, beging Fahrerflucht und stellte den Wagen in die Garage der Parkhurst Apartments. Ab dann wurde der Sachverhalt offenbar bewußt verschleiert, damit die Polizei ihr kein weiteres Verkehrsdelikt unter Einfluß von Alkohol nachweisen konnte; denn das hätte den Widerruf ihrer Bewährungsfrist und damit eine lange Gefängnisstrafe zur Folge gehabt. Natürlich wollten die drei Verbrecher den gestohlenen Wagen auftreiben, weil die zehntausend Dollar im Handschuhfach lagen. Über den Parkwächter erfuhren sie von Dorrie Ambler, spürten ihre Wohnung in den Parkhurst Apartments auf und durchsuchten die Räume, nachdem sie das Apartment 805 als Operationsbasis gemietet hatten. In Dorrie Amblers Apartment 907 ertappte Marvin Billings sie auf frischer Tat. Barlowe Dalton erschoß ihn mit dem Revolver Kaliber zweiundzwanzig, den sie in der Wohnung gefunden hatten – ebenso wie den achtunddreißigkalibrigen Revolver. Kurz darauf läuteten Perry Mason und Paul Drake. Die Verbrecher blockierten die Küchentür und flüchteten über die Hintertreppe in das Apartment 805. Anschließend lasen sie in der Zeitung über Perry Masons Rolle in dem Fall, die Ähnlichkeit zweier Frauen, und kamen zu dem Schluß, daß entweder Dorrie Ambler oder Minerva Minden ihre gestohlenen zehntausend Dollar gefunden hatte. Zum gleichen Zeitpunkt etwa begann Flossie Hendon, eine jugendliche Kriminelle, die den beiden Strolchen als Komplicin gefolgt war – des Nervenkitzels wegen, wie sie es ausdrückte –, sich über den Mord an Marvin Billings ernstlich Gedanken zu machen. Mit Mord hatte sie nicht gerechnet. Nach Jaspers Behauptung war es sein Partner, Barlowe Dalton, der Flossie Hendon im Auto mitnahm und sie mit dem im Apartment gestohlenen Achtunddreißiger umbrachte. Da Dalton tot ist, schiebt Jasper ihm jetzt natürlich sämtliche Morde wortreich in die Schuhe. Als man ihn schließlich bei einem Einbruch faßte – in dessen Verlauf Barlowe Dalton getötet worden war –, verfiel Jasper auf die Idee, sich Straffreiheit zu verschaffen, indem er ein erfundenes Geständnis über Dorrie Amblers Entführung ablegte und Minerva Minden in die Sache einbezog. Flossie Hendon war ermordet worden, um sie am Reden zu hindern. Um ihre Leiche handelt es sich offenbar bei der Toten mit den starken Zersetzungserscheinungen. Jasper hatte scharfsinnig auf fortgeschrittene Verwesung gerechnet, die eine vollgültige Identifizierung ausschließen würde. In der Zwischenzeit war die Angeklagte zu ihrem Apartment gefahren, das sie als Dorrie Ambler gemietet hatte. Sie hörte von dem Mord und verließ das Haus in einiger Aufregung, wobei sie von einer Zeugin gesehen wurde.«

Hamilton Burger machte eine Pause und fuhr dann fort: »Ich darf dem Gericht sagen, daß ich mich ungern zu diesem Eingeständnis bereitfinde, aber es gibt eben Fälle, in denen die Anklagebehörde sich auf Beweismittel stützen muß, wie sie sich anbieten. Wir müssen dann nach Ermessen entscheiden. Wir hatten den Eindruck, daß Dunleavey Jasper die Wahrheit sagte, und waren bereit, wegen einer relativ geringfügigeren Straftat von seiner Strafverfolgung abzusehen, um eine Mörderin zu überführen. Daß die Dinge anders liefen, weil wir einem Betrug zum Opfer fielen – das gehört zu den Risiken des Ermittlungsverfahrens. Ich habe diese Ausführungen gemacht, damit die Akte abgeschlossen werden kann. Gegen Dunleavey Jasper werden wir wegen der von ihm zugegebenen Straftaten vorgehen; wahrscheinlich auch wegen Mordes, und zwar an Marvin Billings und Flossie Hendon.«

Mit aller Würde, die er noch aufbieten konnte, wandte Hamilton Burger sich um und stelzte aus dem Gerichtssaal. Seinem Kollegen überließ er die unerfreuliche Aufgabe, der Verhandlung bis zur Schlußphase beizuwohnen.

Richter Flint verkündete: »Wir werden die Geschworenen auffordern, in der Sache des Volkes von Kalifornien gegen Minerva Minden auf ›nicht schuldig‹ zu erkennen.«

16

Mason, Della Street und Paul Drake saßen im Anwaltsbüro zusammen.

»Seit wann wußten Sie«, fragte Della Street, »daß nicht zwei Frauen im Spiel waren, sondern nur eine?«

»Als Minny Minden uns ihren Unterleib ohne Narbe zeigte«, sagte Mason.

Della blickte zu Paul Drake hinüber. »Das kapiere ich nicht.«

»Als ich Minerva fragte«, erklärte Mason ihr, »ob sie eine Narbe von einer Blinddarmoperation hätte, entblößte sie prompt genau die Stelle, an der sich eine solche Narbe befunden hätte. Wie exakt konnte sie wissen, welche Stelle sie haargenau zeigen mußte, wenn sie über ihre Lage nicht Entsprechendes nachgelesen hatte? Wo die Narbe in etwa sitzt, wissen Laien und Nichtoperierte zwar, aber ein Unbefangener hätte erst eine Weile Unsicherheit gezeigt.«

»Jetzt verstehe ich«, sagte Della Street. »Aber was war dann mit der Narbe, die sie uns zeigte, als sie zum erstenmal im Büro erschien?«

»Gefärbter Transparentstreifen und Kollodium. Erinnern Sie sich ihrer Schamhaftigkeit? Sie zog sich in eine Ecke zurück, möglichst weit von den Fenstern. Sie entblößte sich für einen kurzen Moment, schien dann von Schamgefühl überwältigt und bedeckte sich unverzüglich. Keinen von uns ließ sie wirklich genau hinsehen. Farbiger Papierstreifen und Kollodium können aus der Entfernung wie eine chirurgische Narbe aussehen.«

»Aber warum, in aller Welt, bist du nicht schon viel früher damit herausgekommen?« fragte Drake.

»Weil Minerva Minden dann wegen Mordes an Marvin Billings verurteilt worden wäre. Letzten Endes hätte Dunleavey Jasper nur zu behaupten brauchen, daß ungeachtet seiner Lügen über den ersten Teil der Ereignisse Minerva Minden tatsächlich Marvin Billings Mörderin sei. Du mußt auch bedenken, daß Flossie Hendon mit Minervas Revolver umgebracht wurde. Ich mußte auf ein dramatisches Ende hinarbeiten, damit Jasper hundertprozentig umfiel.«

»Aber jetzt wird der Staatsanwalt wegen Fahrerflucht gegen Minerva Minden vorgehen«, wandte Drake ein, »so daß du in der Hinsicht also nichts gewonnen hast.«

»Er wird nicht«, sagte Mason.

»Wieso?«

»Weil sie freiwillig vor dem Richter erscheinen wird«, erwiderte Mason schmunzelnd, »der ihr wegen ihrer früheren Verkehrsdelikte Bewährungsfrist zugebilligt hat. Sie wird die Unfallflucht zugeben und die bittere Pille schlucken.«

»Was für eine Pille kann das noch sein?« fragte Della

Street. »Eigentlich ist sie mit der Nervenprobe, die sie hinter sich hat, doch genügend gestraft.«

»Darüber brauchen wir uns keine Sorgen zu machen«, sagte Mason, »es hängt vom Richter ab. Möglicherweise wird er die Bewährungsfrist auf diesen Fall ausdehnen. Ebenso könnte er die Bewährung widerrufen und Minerva ins Gefängnis schikken. Nach meiner Schätzung wird er der Ansicht sein, daß die Folgen dieser letzten Eskapade die ›tolle Erbin von Montrose‹ endgültig gebändigt und in eine tief zerknirschte, bescheidene junge Frau verwandelt haben, die jetzt weiß, daß sie ihre Person, ihren Reichtum und Charme nicht gegen die Macht des Gesetzes ausspielen kann.«

»Sie meinen, er wird ihr noch mal Bewährung zubilligen?« fragte Della Street.

»Ich halte es durchaus für möglich. Natürlich wird er ihr den Führerschein auf lange Zeit entziehen und eine großzügige Entschädigung für das Opfer verlangen. Sie hat ja verschiedentlich versucht, mir gegenüber ein Geständnis abzulegen, woran ich sie jedoch hinderte; ich mußte es.«

»Warum?« fragte Drake.

»Weil ich Angehöriger des Gerichts bin«, erklärte Mason. »Ich wünschte kein Eingeständnis der Unfallflucht von ihr, bevor ich ihre Entlastung in dieser Mordsache erreicht hatte. Ich wollte mir meinen Verdacht nicht offiziell von ihr bestätigen lassen, ehe über die Mordanklage entschieden war.«

»Aber warum hat sie uns so an der Nase herumgeführt?« fragte Della. »Wozu der Klamauk mit den Platzpatronen am Flughafen?«

»Weil sie die zehntausend Dollar im Handschuhfach gefunden und erfahren hatte, daß der Wagen von Gangstern gestohlen war. Also mußte sie Dorrie Ambler verschwinden lassen, um sich die Gauner vom Hals zu schaffen. Sie setzte das Stellenangebot in die Zeitung, bewarb sich selbst und bluffte die Detektei. Dann rief sie mich aus dem Gericht an, sobald ihre Verhandlung erledigt war, und behauptete, sie sei in ihrem Apartment; sie werde von irgendwelchen Männern überwacht, und ich möchte sofort kommen. Damit legte sie auf. Erinnern Sie sich, daß Drakes Detektiv sagte, sie sei unmittelbar nach der Verhandlung zur Telefonzelle gegangen? Zu diesem Zeitpunkt gedachte sie Dorrie verschwinden zu lassen, worüber ich mir ernsthafte Sorgen machen sollte. Die Idee war gar nicht schlecht. Unter Umständen hätte alles planmäßig geklappt. Zufällig waren aber gerade während unseres Telefongesprächs die Ganoven, die den Wagen gestohlen und das untere Apartment als Einsatzbasis gemietet hatten, in Minervas oberem Apartment auf der Suche nach den zehntausend Dollar. Dort erwischte sie der Detektiv Billings und wurde von Dunleavey Jasper erschossen.«

»Man muß sich bloß mal vorstellen«, sagte Della Street, »dieser dramatische Abschluß, bei dem Jasper den Kopf verlor und alles zugab, wäre Ihnen nicht gelungen! Du lieber Himmel, Minerva Minden hätte wegen ihrer eigenen Ermordung verurteilt werden können!« Della überlegte einen Moment und fragte dann: »Wie konnte aber Jasper über all diese Tatsachen im Bilde sein, Chef?«

Mason grinste. »Die Zusammenhänge dämmerten ihm erst später, Della. Traggs Interview mit uns in dem Raum mit der Abhöranlage und die anschließende Story darüber in der Zeitung boten ihm seine Chance, die Polizei und Hamilton Burger übers Ohr zu hauen. Jasper ist clever, und er angelte verzweifelt nach Straffreiheit. Natürlich hatte er auch Minervas .38 Revolver in ihrem Apartment 907 gefunden. Und ich möchte wetten, daß die polizeiliche Vernehmung ihm genügend Anhaltspunkte gab, um eine recht überzeugende Geschichte aufzubauen. Selbstverständlich war die Polizei scharf auf sämtliche Einzelheiten, und Jasper als Mieter des Apartments 805 hatte die Mieterin von 907 haargenau beobachtet. Er konnte mit zahlreichen Kleinigkeiten aufwarten, die seine Story überzeugend klingen ließen. Hamilton Burger – in seinem Eifer, mir eins auszuwischen und meine Mandantin zu überführen – wurde zur leichten Beute. Wie Minerva mir berichtete, war sie auf dem Parkplatz beim *Montrose Country Club* vom Wächter nach ihrem Führerschein gefragt worden, weil der Mann sie für angetrunken hielt. Sie zeigte ihm den Führerschein auf den Namen Dorrie Ambler, denn einen anderen besaß sie ja nicht. Der Parkwächter erinnerte sich an den Namen Ambler und sagte Dunleavey Jasper, das sei wahrscheinlich der Name der Frau, die Jaspers Wagen gestohlen hatte.

Natürlich konnte Jasper nicht riskieren, dies der Polizei zu melden, denn es hätte seine Geschichte kaputtgemacht. Daher sagte er im Zeugenstand, er habe den Wagen durch seine Unterweltverbindungen ausfindig gemacht.«

Das Telefon läutete. Della Street nahm den Hörer ab und berichtete gleich darauf: »Henrietta Hull möchte wissen, wie hoch Ihr Honorar sein wird.«

Mason feixte. »Sagen Sie ihr hundertfünfzigtausend Dollar, und sie soll den Scheck auf das Kinderhospital ausstellen. Ich finde, letzten Endes sollte Minerva doch nicht *allzu* billig davonkommen.«

Leseprobe aus Scherz-classic-Krimi 1038

DAS ZEICHEN DER VIER

von Sir Arthur Conan Doyle

Es war schon sechs Uhr, als Holmes zurückkam. Er war heiter, lebhaft und in bester Laune, ein Zustand, der bei ihm mit Phasen düsterer Niedergeschlagenheit abzuwechseln pflegte.

»Diese ganze Affäre ist gar nicht so geheimnisvoll«, erklärte er und nahm die Tasse Tee, die ich für ihn eingeschenkt hatte. »Die Tatsachen lassen nur eine einzige Deutung zu.«

»Was? Sie haben den Fall schon enträtselt?«

»Nun, das wäre zuviel gesagt. Ich habe lediglich eine aufschlußreiche Entdeckung gemacht, das ist alles. Sie ist sogar *sehr* aufschlußreich. Einzelheiten müssen noch hinzugefügt werden. Ich habe eben beim Durchlesen von alten *Times*-Nummern festgestellt, daß Major Sholto aus Ober-Norwood, ehemals beim 34. Infanterieregiment in Bombay, am 28. April 1882 gestorben ist.«

»Ich bin vielleicht schwer von Begriff, Holmes, aber ich sehe nicht, worauf das schließen läßt.«

»Nicht? Ich muß mich wundern über Sie. Folgen Sie meinen Ausführungen: Hauptmann Morstan verschwindet; die einzige Person, die er in London besuchen konnte, ist Major Sholto; Major Sholto erklärt, nichts davon gewußt zu haben, daß Morstan in London sei; vier Jahre darauf stirbt Sholto. *Eine Woche nach seinem Tod* erhält die Tochter Hauptmann Morstans ein wertvolles Geschenk, und das von da an Jahr für Jahr, und nun gipfelt die Angelegenheit in einem Brief, der Miss Morstan als eine Frau bezeichnet, der Unrecht geschehen ist. Worauf soll sich das beziehen, wenn nicht auf das Verschwinden ihres Vaters? Und warum sollten die Geschenksendungen unmittelbar nach Sholtos Tod beginnen, wenn nicht der Erbe von Major Sholto etwas über das Geheimnis wüßte und den Wunsch nach Wiedergutmachung hätte? Haben Sie irgendeine andere Theorie, die im Bereich des Möglichen liegt und sich mit unseren Fakten deckt?«

»Was für eine merkwürdige Wiedergutmachung! Auf welch sonderbare Art! Und warum schreibt er erst jetzt den Brief statt vor sechs Jahren? Andererseits spricht er in dem Brief davon, ihr zu ihrem Recht verhelfen zu wollen. Zu welchem Recht kann man ihr denn noch verhelfen? Es wäre zu optimistisch anzunehmen, daß ihr Vater noch am Leben ist. Und von einem anderen Unrecht, das Ihnen bekannt wäre, ist ja nicht die Rede.«

»Es gibt noch einige Probleme, ganz gewiß«, erwiderte Sherlock Holmes nachdenklich; »aber unser kleiner Ausflug heute abend wird sie lösen. Ah, das ist ja schon die Droschke mit Miss Morstan. Sind Sie soweit? Dann wollen wir hinuntergehen, es ist schon nach sechs.«

Ich langte nach meinem Hut, ergriff meinen schwersten Stock und sah, daß Holmes seinen Revolver aus der Schublade nahm und in die Tasche gleiten ließ. Er glaubte also, unsere heutige Aufgabe könnte gefährlich werden.

Miss Morstan hatte sich in einen dunklen Mantel gehüllt. Ihr feinnerviges Gesicht war gesammelt, aber bleich. Sie wäre keine Frau gewesen, wenn sie nicht ein gewisses Unbehagen bei dem seltsamen Unternehmen gespürt hätte, zu dem wir gerade aufbrachen. Doch beherrschte sie sich tadellos und antwortete bereitwillig auf die paar Fragen, die Sherlock Holmes noch an sie richtete.

»Major Sholto war ein besonders guter Freund von Papa«, sagte sie. »In seinen Briefen hat Papa ihn sehr oft erwähnt. Er und mein Vater befehligten gemeinsam die auf den Andamanen stationierten Truppen, so daß die beiden Männer lange Zeit sehr eng zusammenarbeiteten. Übrigens ist ein seltsames Schriftstück in Vaters Schreibtisch gefunden worden, das niemand verstehen konnte. Ich nehme nicht an, daß es auch nur die geringste Bedeutung besitzt, aber ich dachte mir, Sie würden es vielleicht gerne sehen, deshalb habe ich es mitgebracht. Hier ist es.«

Holmes entfaltete das Papier sorgsam und breitete es auf seinen Knien aus. Dann prüfte er es methodisch mit der Lupe.

»Der Bogen stammt aus der indischen Papiermanufaktur«, bemerkte er. »Er war eine Zeitlang an einem Brett befestigt. Die grafische Darstellung darauf scheint der Plan eines Gebäudeteils mit zahlreichen Räumen, Korridoren und Verbindungsgängen zu sein. An einem Punkt wurde ein kleines Kreuz mit roter Tinte eingetragen, und darüber steht in verwischter Bleistiftschrift: 3,37 von links. In der linken Ecke sind merkwürdige Hieroglyphen, die wie vier Kreuze aussehen, deren Längsarme sich berühren. Daneben steht in sehr grober, ungebildeter Schrift: ›Das Zeichen der Vier – Jonathan Small, Mahomet Singh, Abdullah Khan, Dost Akbar.‹ Ich gebe zu, daß mir nicht klar ist, in welchem Zusammenhang dieses Papier mit unserem Fall steht. Und doch ist es ein wichtiges Dokument. Es wurde sorgfältig in einem Notizbuch verwahrt, denn die Vorderseite des Bogens ist ebenso sauber wie die Rückseite.«

»Wir fanden es tatsächlich in Papas Notizbuch.«

»Heben Sie es gut auf, Miss Morstan, denn es könnte uns doch von Nutzen sein. Ich beginne zu vermuten, daß der ganze Fall doch viel komplizierter ist, als ich zu Beginn annahm.«

Er lehnte sich zurück, und ich konnte an seinen zusammengezogenen Brauen und dem ausdruckslosen Blick erkennen, daß er angespannt nachdachte...

Jack Higgins

Jack Higgins (Pseudonym für Henry Patterson; schrieb auch unter den Pseudonymen Martin Fallon und James Graham), geboren am 27. Juli 1929 in Newcastle upon Tyne, England, versuchte sich zunächst in den verschiedensten Berufen (vom Zirkusarbeiter über den Versicherungsvertreter bis zum Angehörigen der Royal Horse Guard) und studierte später an der Universität London Soziologie und Sozialpsychologie.
Higgins hatte bereits eine ganze Reihe von Kriminalromanen und Thrillern geschrieben, ehe ihm mit *The Eagle has Landed* (dt. *Der Adler ist gelandet,* Scherz Verlag 1976) der große, weltweite Durchbruch gelang.
Higgins lebt heute mit seiner Familie – er hat drei Töchter und einen Sohn – auf der Insel Jersey.

Von Jack Higgins sind erschienen:

Baron in der Unterwelt
Das Jahr des Tigers
Eine Nacht zum Sterben
Ein Sarg für Ibiza
Heldenspiel
Schlüssel zur Hölle

Agatha Christie

Agatha Mary Clarissa Miller, geboren am 15. September 1890 in Torquay, Devonshire, sollte nach dem Wunsch der Mutter Sängerin werden. 1914 heiratete sie Colonel Archibald Christie und arbeitete während des Krieges als Schwester in einem Lazarett. Hier entstand ihr erster Kriminalroman *Das fehlende Glied in der Kette*. Eine beträchtliche Menge Arsen war aus dem Giftschrank verschwunden – und die junge Agatha spann den Fall aus. Sie fand das unverwechselbare Christie-Krimi-Ambiente.
Gleich in ihrem ersten Werk taucht auch der belgische Detektiv mit den berühmten »kleinen grauen Zellen« auf: Hercule Poirot, der ebenso unsterblich werden sollte wie sein weibliches Pendant, die reizend altjüngferliche, jedoch scharf kombinierende Miss Marple (*Mord im Pfarrhaus*).
Im Lauf ihres Lebens schrieb die »Queen of Crime« 67 Kriminalromane, unzählige Kurzgeschichten, 7 Theaterstücke (darunter *Die Mausefalle*) und ihre Autobiographie.
1956 wurde Agatha Christie mit dem »Order of the British Empire« ausgezeichnet und damit zur »Dame Agatha«. Sie starb am 12. Januar 1976 in Wallingford bei Oxford.

Von Agatha Christie sind erschienen:

Das Agatha Christie Lesebuch
Alter schützt vor Scharfsinn nicht
Auch Pünktlichkeit kann töten
Auf doppelter Spur
Der ballspielende Hund
Bertrams Hotel
Der blaue Express
Blausäure
Das Böse unter der Sonne
oder Rätsel um Arlena
Die Büchse der Pandora
Der Dienstagabend-Klub
Ein diplomatischer Zwischenfall
Elefanten vergessen nicht
Die ersten Arbeiten des Herkules
Das Eulenhaus

Das fahle Pferd
Fata Morgana
Das fehlende Glied in der Kette
Feuerprobe der Unschuld
Ein gefährlicher Gegner
Das Geheimnis der Goldmine
Das Geheimnis der Schnallenschuhe
Die großen Vier
Hercule Poirot's größte Trümpfe
Hercule Poirot schläft nie
Hercule Poirot's Weihnachten
Karibische Affaire
Die Katze im Taubenschlag
Die Kleptomanin
Das krumme Haus
Kurz vor Mitternacht
Lauter reizende alte Damen
Der letzte Joker
Die letzten Arbeiten des Herkules
Der Mann im braunen Anzug
Die Mausefalle und andere Fallen
Die Memoiren des Grafen
Mit offenen Karten
Mörderblumen
Mördergarn
Die Mörder-Maschen
Mord im Spiegel oder Dummheit ist gefährlich
Mord in Mesopotamien
Mord nach Maß
Ein Mord wird angekündigt
Die Morde des Herrn ABC
Morphium
Poirot rechnet ab
Rächende Geister
Rotkäppchen und der böse Wolf
Ruhe unsanft
Die Schattenhand
Das Schicksal in Person
Schneewittchen-Party
Der seltsame Mr. Quin
Sie kamen nach Bagdad
Das Sterben in Wychwood
Der Tod auf dem Nil
Der Tod wartet
Der Todeswirbel
Die Tote in der Bibliothek
Der Unfall und andere Fälle
Der unheimliche Weg
Das unvollendete Bildnis
Die vergeßliche Mörderin
Vier Frauen und ein Mord
Vorhang
Der Wachsblumenstrauß
Wiedersehen mit Mrs. Oliver
Zehn kleine Negerlein
Zeugin der Anklage
16 Uhr 50 ab Paddington

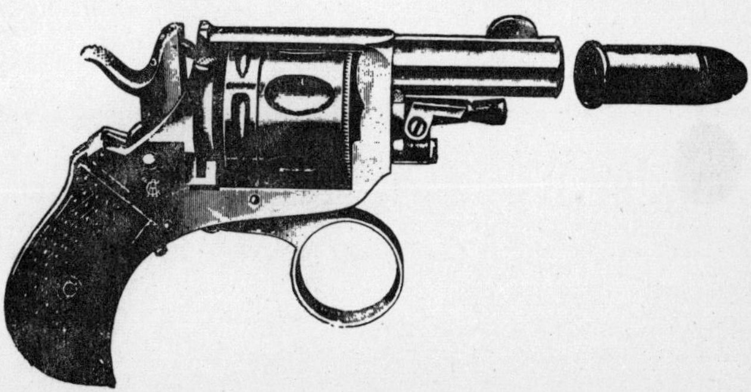

Dorothy Sayers

Dorothy Sayers, 1893 in Oxford als Tochter eines Pfarrers geboren, studierte Philologie und gehörte zu den ersten Frauen, die die berühmte Universität ihrer Heimatstadt mit dem Titel »Master of Arts« verließen. 1922 ging sie nach London, um ihren Lebensunterhalt mit Schreiben zu verdienen. Ihre berühmten Kriminalromane und Kurzgeschichten erschienen zwischen 1923 und 1939. Danach hatte sie es – bis zu ihrem Tod am 17. Dezember 1957 – nicht mehr nötig, für ihren Broterwerb zu arbeiten.
Mit der Figur des Lord Peter Wimsey hat Dorothy Sayers einen Detektiv geschaffen, der bis heute unvergleichlich ist, weil er (und seine Erfinderin) herkömmliche Fälle zu einem psychologisch außergewöhnlich interessanten, literarischen Leseerlebnis macht.

Von Dorothy Sayers sind erschienen:

Eines natürlichen Todes
Der Fall Harrison
Feuerwerk
Die Katze im Sack
Lord Peters schwerster Fall
Der Mann, der Bescheid wußte
Der Tote in der Badewanne

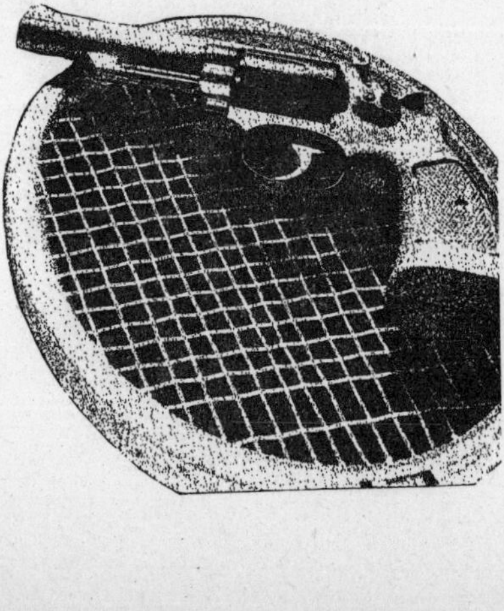